文春文庫

わが母なるロージー

ピエール・ルメートル
橘 明美訳

文藝春秋

パスカリーヌに

ドミニクとジャン＝ポール・ヴォルミュに

友情を込めて

時間の無駄を省く最善の方法が、場所を変えることだという場合が（ごくまれにだが）ある。

マルセル・プルースト

『失われた時を求めて』第二篇

「花咲く乙女たちのかげに」

目次

序文

この中編は贈り物だとずっと思ってきた。

なぜなら、第一に、依頼を受けて書いたものだから。出版社から原稿を依頼されるのはいつでもうれしい（ジュール・ヴァレスが言ったように、人は慎みから小説家になるわけではない）。

第二に、リーヴル・ド・ポッシュの六十周年記念に際し、読者への贈り物として用意された一冊だから。

第三に、カミーユ・ヴェルーヴェンとの再会をわたしにプレゼントしてくれた作品だから。この人物には愛着があったのに、もういなくなったと思っていた。

この物語のヒントを得たのは、ある晩、道路脇に大きな穴があいているのを見かけたときのことだ。周囲に赤と白の安全柵が四つ置かれ、通行人がうっかり落ちないようにしてあった。穴はかなり深く、昼のあいだガス管の改修工事が行われていたようだ。推理小説の作家であるからには、飯のタネである〝犯罪〟のことを常に考えているわけで、そのおかげでこの穴を見たときすぐ小説の設定が浮かんだ。となると、あとなにかひとつ〝面白い要素〟があるといい。意外性があり、発展性もある、小説を支えてくれるような要素が。

当時わたしはいささか趣《おもむき》の異なる小説——のちに『天国でまた会おう』として発表されることになる作品——を書いていて、そのため第一次世界大戦にどっぷり浸かっていた。それを機に推理小説をやめていたのだが、よく考えてみると、それまでのいわば個人的な犯罪から世界大戦へ舞台を移したのは、ひとつの犯罪からもうひとつの犯罪へ移行したということで、つまり犯罪の規模を変えただけだった。むしろ規模が拡大したことで、それまで以上に死者と負傷者につきまとわれる毎日を送っていたと言ってもいい。しかもその作品では主人公が冒頭から穴に落ちるので、道路脇の穴を見たときにはっとするものがあり、それをきっかけにふたつの小説が——書きかけの小説とまだアイディアもまとまっていない小説が——共鳴を起こしはじめた。そしてある日のこと、一世紀前の大戦の資料を漁っていたときに、この現代ミステリの中編のために必要な要素が見つかった。それは、第一次世界大戦当時、およそ五十か月のあいだに、それこそとんでもない数の砲弾が農地に降り注いだという事実だった。

こうして設定（道路脇にあいた穴）と、そこに意外性を添える要素（フランス東部の農地に降り注いだ砲弾）が手に入り、あと必要なのは人物だけとなった。するとそこへ、カミーユ・ヴェルーヴェンがふたたび現れた。彼はさっそく厄介な質問をぶつけてきた（いい登場人物とはそういうものだ）。すでに出来上がっている三部作のなかで、今度の冒険はどういう位置を占めるのかと。

わたしの〝デュマ好き〟はすでに皆さんもご存じだろう。このとき大胆不敵なデュマが、ある理屈――こじつけのようなものではあるが――を耳打ちしてくれて、そのおかげでヴェルーヴェンを再登場させることができた。つまり、『三銃士』が四人だったように、三部作が四冊でもいいではないかと。もちろんデュマに挑戦するつもりなど毛頭ないので（とてもじゃないがまともな戦いにならない）、『わが母なるロージー』はとても短い小説になった。わたしの三部作は四冊にはならず、三冊半である。

いつでも現実と折り合う方法が見つかるというのもまた、作家にとってはありがたいことだ。

ピエール・ルメートル

わが母なるロージー

主な登場人物

カミーユ・ヴェルーヴェン……………パリ警視庁犯罪捜査部　警部
ルイ・マリアーニ…………………………同　刑事　カミーユの部下
ジャン・ガルニエ…………………………連続爆破事件の犯人
ロージー・ガルニエ………………………ジャンの母　勾留中
カロル・ヴェンランジェ…………………ジャンの恋人
バザン………………………………………パリ警視庁　中央研究所技官　爆発物のプロ
ペルティエ…………………………………同　テロ対策班　班長
ル・グエン…………………………………同　犯罪捜査部　部長
マルセル……………………………………デュペルー公園の管理人
アンヌ………………………………………カミーユの恋人
ドゥドゥーシュ……………………………カミーユの飼い猫

一日目

十七時

人生を変える思いがけない出会い、道が凍っていると知らずに踏み出す一歩、深く考えずに投げる返事……。決定的なものごとというのは、起こるのに一秒もかからない。

たとえばこの八歳の少年を見てやってほしい。いまや彼が一歩踏み誤るだけで、取り返しのつかないことになりかねない。どういうことかというと、少し前に母親がタロット占いで、今年中に未亡人になるでしょうと言われ、それを息子に話したのだ。これ見よがしに涙を流し、胸元で両手を握りしめ、声を詰まらせながら。「誰かに話さずにはいられないもの、わかるでしょ？」と。少年のほうは父親を不滅の存在だと思っていて、死ぬことなど想像もしていなかったから、青天の霹靂《へきれき》だった。そしてそれ以来、恐怖にとりつかれている。信じがたいことだが、世のなかにはこういう母親もいる。三十歳なのに中学生並みの分別しか持ち合わせていない。さらに困ったことに、自分で言っておきながらそのことをとっくに忘れている（無分別なうえにひどく忘れっぽく、同時にふたつの考えを頭に入れておくことができない。ひとつ入れたら、前のひとつは時に嘆かわしいほどの速さで押し出される）。だが八歳の息子のほうは忘れるどころではない。彼の空想の領域は丸ごと占い師の話に占領されてしまい、やたらと怖い夢を見るのに、そのことを誰にも話せない。父親が死ぬという恐怖にとりつかれ、吐き気がする日もある。かと思うと、呪文が効いたかのように恐怖が消え、数週間そのままということもある。だがそういうとき、ふたたび戻ってくる恐怖は十倍くらい強くなっていて、文字どおり足が震えてしまい、なにかにつかまってへたり込むしかない。

だから恐怖が復活するたびに、少年は次々と厄払いの方法を考えて父親の命をつなごうとする。そして自分がそれにしくじったら父親が死ぬ、と思い込んでいる。

今日考えた厄払いは、「ぼくが歩道の継ぎ目を踏まなければ、パパは死なない」というものだった。ただし家からずっとではなく、パン屋から先だけと、少し範囲を絞った。

家を出るなりもう不安で胸が苦しくなるが、音楽教室までの道のりは長い。しかも頭のなかで、今度こそ失敗するぞと声がする。だからやめたいのだけれど、やめる口実をいくら探しても見つからない。パン屋の前でスタートし、通りを無事に一本過ぎ、二本過ぎ、じきに大通りが見えてきた。だが不安は大きくなるばかりで、ゴールに近づくというより破滅に近づいている気がする。少年は身を硬くし、足元を必死に見つめて歩いていて、手に提げたクラリネットケースもほとんど揺れない。その手に汗がにじみはじめる。音楽教室まであと二百メートル。だがそこで、どういうわけか――予感がしたのだろうか――少年は足を止めずに視線を上げてしまう。すると歩道の先に父親が現れ、こちらに向かってくる。そこは建物の工事のために足場が組まれていて、歩行者を迂回させなければならないので、車道にはみ出る格好で木の橋のような臨時の歩道ができている。狭い通路だ。父親はやや前かがみになり、勇ましい足どりでそこを歩いてくる。誰にも止められやしないと思わせる歩き方だ。父親の帰宅がこんなに早いのはめったにないことなので、少年は驚いた。

その直後の光景は、少年の記憶にスローモーションで刻まれることになる。というのも、その一瞬の不注意が決定的な結果を招くからだ。あっと思って下を向いた瞬間、少年の足がぴたりと止まる。片足が歩道の継ぎ目をもろに踏んでいた……。

ということは、父親は死ぬ。もうどうしようもない。

そう、決定的なものごとはまさに一瞬で起こる。

もうひとり、少年の数メートルうしろにいる女子大生の場合はどうだろう。美人とは言えない経済学部生、処女。本人はただ単に「そういう機会がなくて」と言うのだが、実際はもっと複雑な事情がある。だがそんなことはこの際どうでもいい。なにしろいまは五月で、彼女は二十二歳で、大事なのはそれだけで、というのもちょうどこのとき、彼女はジョゼフ＝メルラン通りの角にいて、目の前に彼女を求める男が立っている。その男に呼び出され、おまえが欲しいと言われ、どう答えるかで運命が右に転がるか左に転がるかが決まるという、まさに決定的瞬間を迎えている。だがそれが決定的なのは、彼女が処女を失うかどうかという凡庸な問題に関してだけではない。というのも、彼女はノーと言うのだから。そして男はわかったと(ほんとうに？)頷《うなず》いて背を向け、彼女はその後ろ姿を目で追いながら早くも後悔し、呼び止めようとするが……。

もう遅い。

強烈な爆発で界隈《かいわい》全体が振動した。地震のような揺れと同時に、百メートル離れたところまで爆風が届く。

その一瞬、少年の目は宙を飛ぶ父親の姿をとらえた。巨大な手で胸を乱暴に押されたように、大きな体がうしろに飛んだ。女子大生のほうも同様で、驚いて口を開けた瞬間、彼女の元〝未来の愛人〟はすでに空中にあり、次の瞬間には〈ウーマンズシークレット〉のショーウインドーに頭から突っ込んでいた。

ジョゼフ＝メルラン通りにはさまざまな店が軒を連ねている。衣料品店、靴屋、食料品店、クリーニング店、ドラッグストア等々。大通りをもっと上がったところのプラデルも賑わっているが、ここもそれに次ぐこの地区きっての繁華街だ。今日は五月二十日、数日前から初夏の日差しに恵まれ、時刻は十七時、人々は早くも夏の気分で、カフェのテラス席でアペリティフを一杯やりたくなり、だからそこら中に人がいて、ということは当然、爆破事件などあれば大惨事になるはずで、あまりにも不当だ。

だがそもそも、この世が正当だったことがあるだろうか……。

横倒しになった通行人たちはとっさに両腕で頭部を護った。木の迂回路がある側の歩道では、プリント柄のワンピースの女性が爆風でうしろに飛ばされ、木の手すりに頭を打ちつけた。スクーターを降りようとした男性はいきなり飛んできた梁《はり》が腹に当たって倒れ、体をくの字に折った。ヘルメットは脱げなかったが、もはやそれがなんの役に立つのかわからない。

爆発音から少し遅れて、耳を聾《ろう》するほどの金属音が響きわたった。わざわざ考える間をとったかのようなわずかな遅れののちに、工事用の大きな足場が身震いしてふわりと地面から持ち上がったと思うと、尻もちをつくように一気に崩れたのだ。テレビで見る高層ビル解体の場面に似ている。反対側の歩道では、ヒールの高い白ブーツをはいた娘が顔を上げ、足場が空中分解するのをぽかんと見つめた。ばらばらになったパイプは花火のように、つまり遅いような速いような不思議な速度で落ちてくる。

窓ガラスや車が吹き飛ばされると同時に、人々の脳内のあらゆる思考が吹き消された。だから何秒かのあいだ、誰もなにも考えられない。普段の街の喧騒さえ吹き消され、街全体が息の根を止められたかのようだ。そして余韻に震える不穏な静寂があたりを支配する。

やがて〝とんでもないことが起きた〟という情報にエネルギーがフルチャージされると、それがいっせいに人々の脳内ではじける。沿道の建物の上のほうの、割れずにすんだ窓が遠慮がちに開き、住人のきょとんとした顔が出る。

地上では、無事だった人々が立ち上がり、突然塗り替えられた周囲の光景を呆然と見まわしはじめる。

まるで戦場の街。

店のショーウインドーは消え失せ、足場の奥にあった壁が二枚崩落して漆喰《しっくい》の雲となり、それがゆっくりと灰色の雪になって周囲に積もっていく。もちろん、いちばん人目をひくのは車道にまで広がる四階分の足場の残骸、すなわち金属棒、鋼板、パイプなどの堆積で、かなりの量だ。全体がほぼ垂直に崩れたので、歩道沿いに停まっていた二台の車をすっぽり覆っている。多くの梁から上向きにパイプが突き出ていて、巨大なパンクヘアに見える。

この瓦礫《がれき》の下に、ガラス片の下に、アスファルトのかけらの下に、いったい何人いるだろう。ちょっと見ただけではわからない。

目に入るのは、あちこちで倒れている人、土、砂、そこら中に降りかかった漆喰の粉、そして驚くべきことに、一方通行の標識にハンガーごと掛かっている青い縁飾りのついた上着。大地震のあとにも、家々の残骸の上に揺りかご、人形、花嫁のティアラなどが顔を出していたりするが、そうした小さいものたちは、この世はわかりやすく創られてはいないのだと諭すために、神がそっと置いたようにも見えるものだ。

あの少年の父親は息子の目の前でおかしな軌道を描いた。迂回路で爆発に見舞われ、宙を飛び、駐車していた小型トラックの前に着地したのだ。彼はそこに座ったままじっとしていて、息子とドミノゲームでも始めようとしているようだが、よく見ると目が虚《うつ》ろで、顔は血だらけで、首筋でもほぐすように頭を軽く揺すっている。

少年自身も爆風で飛ばされ、建物入り口の両開きの扉にぶつかった。いまはその扉の前で、顔を横に向けてうつ伏せになった状態で、目を見開いて倒れている。手にはクラリネットケースを握りしめているが、蓋が開いていて中身は空だ。クラリネットは二度と見つからないだろう。

すでに複数のサイレン音が聞こえている。

脳内の混乱モードが徐々に緊急・行動・救助モードに切り替わり、動ける人々が動けない人々のほうへ走り寄る。

なかには起き上がろうとしたものの、途中で力尽きて膝を突く人もいる。

爆発直後の沈黙を破って徐々にざわめきが広がり、大声、叫び、指示、ホイッスル音が飛び交う。

人々の呻き声はクラクションの不協和音にかき消されていった。

十七時一分

男は十六時四十分にジョゼフ＝メルラン通りとジェネラル＝モリユー通りの角に来て、全体が見わたせる位置に立った。三十歳に近いというのに、どこか子供じみた、未熟な部分があるように見える男で、それが農夫並みのどっしりした体つきとまるで合っていない。動きもぎくしゃくしている。とはいえ不器用にはほど遠い。なにしろ、冗談ではなく、爆弾をたったひとりでつくったのだから……。彼は十七時に爆発するようにセットしたが、あくまでも〝たぶん〟の話であって、実際どうなるかはわからない。

そもそも爆発するかどうかも怪しいしろものだ。これが最初の一発だと聞けば、彼がどれほど気を揉んでいるかわかるだろう。何週間もかけて準備したが、威力のほども正確にはわからない。できるかぎりの予測をしたものの、結局はやってみるしかない。専門家なら緻密な予測ができるのかもしれないが、彼は素人で、ほとんどの作業を勘を頼りに進めざるをえなかった。計算には念を入れたが、誰もが承知のとおり、数字と現実は別ものだ。いずれにせよ、もてる手段を駆使してベストを尽くした。ここまで来たら、ロージーが言っていたように、「努力がすべてじゃないわ。運も必要よ」と思うしかない。

それに、いまさら引き返せやしない。早く着きすぎるのもまずいと思って回り道を重ねてみたが、気が高ぶっているせいか、結局は二十分前に着いてしまった。彼にとって〝もはやなにも変更できない〟二十分は永遠に近い。カフェのテラス席はかなり混んでいて、以前から目をつけておいた席ももちろん空いておらず、若いカップルが座っていた。彼がこれ見よがしに苛立《いらだ》ちを顔に出すと、カップルの女性のほうが眉をひそめ、男性のほうもぶしつけな客の顔をじろじろ見た。彼は別の席に座り、すぐまた立ち上がって席を変えた。それからも落ち着かず、優に十回は腕時計に目をやった。わざわざ周囲の注意を引きたいかのようだが、だとしたら上出来だ。

十六時五十五分ごろ、彼は携帯電話をテーブルの上に立て、レンズが問題の建物をとらえるように向きを整えた。それも適当にではなく、かがみ込んでフレーミングを確認しながら微調整した。画面の下には日付と時間が表示されている。最近ではどこで起こるどんな出来事でも、必ず誰かの携帯が、あるいはどこかに設置された機器がそれをとらえているし、最低でも写真の一枚くらいは残る。思いもよらない爆発事件が不意に起きたとしても同じことで、なんらかの形で記録されるはずだ。しかも今回の場合、それを記録するのが爆弾を仕掛けた本人だという事実によってますます確実になる。もしゼウスが、日本の福島《フクシマ》で自らカメラを構えていたとしたら……というのに少し近いだろうか。

爆発はそこから五十メートルほどのところで起こった。彼はそれを待っていたし、うまくいくように期待してさえいたが、実際に起こってみたらあまりの迫力に驚いてしまった。思わず口が開き、感嘆と動転が混じったような表情になった。

衝撃波がカフェの客たちの顔を打つと同時に、床がぐらりと動き、地下のメトロの線路にいきなりTGVが入ってきたかと思うほど激しく振動した。どのテーブルも痙攣《けいれん》し、グラスがぶつかり合って倒れ、あっけにとられた客たちの視線が正しいほうを向くまでにさらに数秒かかった。そしてちょうどそのタイミングであの巨大な足場が動きだし、轟音とともに崩壊した。

男は立ち上がり、勘定も払わずに出ていくが、誰も気に留めない。男はそのまま足早に遠ざかり、メトロの駅へと向かう。

彼をジャンと呼ぼう。いや、ほんとうは〝ジョン〟なのだが、十代のころから〝ジャン〟と名乗っていて、そのあたりのややこしい事情にはまたあとで触れることになるだろう。ということで、とりあえずはジャンだ。

爆弾はうまい具合に爆発した。その点では彼は大いに満足すべきだ。不安があるとすれば実際の被害状況だが、それなりの成果は上がるだろう。難を逃れた人々はすでに倒れた人々の救助に当たっている。だがジャンはメトロにもぐる。

ジャンは誰も助けにいかない。この爆弾の仕掛け人なのだから。

十七時十分

カミーユ・ヴェルーヴェンという男は百四十五センチの怒りの塊だ。百四十五センチは男性にとっては小さすぎるが、鬱屈した怒りにとっては大きすぎる。さらに警官という職業にとっては、たとえ抑制されたものであっても、怒りが四徳のひとつに入ることなどありえない。報道陣向けの思わぬサービスになるのがせいぜいで（注目を浴びた事件で、カミーユの辛口の応答がもてはやされたこともある）、それ以外の場面では、彼の怒りは警察上層部、聴取される目撃者、同僚、判事等々、ほぼすべての人にとって厄介な問題でしかない。

だがカミーユは、時にかっとなって声を荒げはするものの、そういう自分を十分すぎるほどに警戒している。つまり、どちらかというと爆発寸前でとどまれるタイプで、すぐに拳が出るようなことはめったにない。その点は日頃からうまくコントロールしていて、というのも、身長のせいで手だけで運転する車に乗っているので、指の置き場所ひとつにも神経を使わなければならず、常に冷静であることを強いられるからだ。ひとつでも操作を誤れば車が道路脇に突っ込んでしまう。

カミーユは毎日なにかしら腹立ちのきっかけを見つけるが、今日は洗面台の前で見つけた。鏡に映った自分の姿に腹が立ったのだ。カミーユは自分を好きになれたことが一度もないが、それでも並の身長になれなかったことへの恨みには、どうにかこうにか打ち勝ってきた。ただし妻のイレーヌの死後、自己嫌悪が尋常ならざるレベルまで高まることがあるのも事実だ。

カミーユは半年以上前から有休をとっていなかった。だがある大事件で失敗を喫したという事情もあり（いや、客観的には失敗ではないのだが、カミーユはいつもものごとの悪い面に目を向けるので、自分では失敗だと思っている）、この五月、ようやく数日の休暇をとった。最初はアンヌを誘って出かけるつもりだった。行先はパリからさほど遠くない森で、そこにある自分の隠れ家を見せようと思ったのだが、やめにした。まだ知り合って間もないし、ひとりのほうが気楽だ。

結局その隠れ家で三日間、ひとりで思う存分絵を描いて過ごした。カミーユの画才は警官にはもったいないほどだが、プロの画家になるには足りない。いや、たとえ十分だったとしても、結局画家にはならなかっただろう。

カミーユは家でも車のなかでも音楽をかけない。思考の妨げになるからだが、説明が面倒なので、周囲にはただ「嫌いなんだ」と言ってある。まあ、説明はそれに尽きる。好きならCDを買うだろうし、聴くだろうが、彼は一度もそうしたことがないのだから。もちろん周囲はそう聞くとまず、音楽が嫌い？　そんなの嘘だろ？と訊き返し、カミーユにもう一度「嫌いなんだ」と言わせ、そのうえで腰を抜かしてみせる。信じられないよ、絵や本ならまだわかるけど、音楽が嫌いだなんて！　するとカミーユはますます音楽に対する嫌悪感をあらわにする。自分でもどうしようもない。相手がそういう反応をすると後に引けなくなってしまう。こんなふうだから、時には心底わずらわしいやつだと思われることもある。イレーヌもあるときこう言った。「男尊女卑の人たちにあなたのことを知ってほしいわ。そしたら厄介な男もいるとわかって、考え直すかも」

というわけで、カミーユは運転するとき、音楽代わりにニュース専門のラジオ局を聞く。

スイッチを入れると、いきなり速報が飛び込んできた。「……パリ十八区で大きな爆発がありました。原因はまだわかっていませんが、かなりの被害が出ているものと思われます」

この種のニュースに真剣に聞き耳を立てるのは、自分がその地区に住んでいるか、死傷者が大勢出ている場合に限られる。

カミーユはそのまま車を走らせながら速報の続きを耳で追った。「救急隊はすでに現場に到着しています。死傷者の数はまだわかりません。目撃者によれば、どうやら……」

カミーユが心配したのは渋滞で、パリ市内に入るところで巻き込まれるかもしれないと思った。

十七時二十分

先進国というのはたいしたものだ。負傷者が意識を取り戻したときにはもう消防が現場にいる。すでに四部隊が動員された。各種の救急隊が続々と現場へ集まりつつあり、警察が即座に張り巡らせた規制線の近くでは、ＳＡＭＵ《サミュ》（緊急医療救助サービス）の職員が車両のリアハッチを開けて機材を降ろしている。ストレッチャー、サバイバルシート、点滴スタンドが運び出され、続いて医薬品、殺菌剤、包帯などの箱も降ろされていく。救助・避難計画に従って、救助隊員が冷静かつ無駄のない動きでそれぞれの持ち場につく。救急医はすでに仕事にかかっている。市民防衛・安全局の手配と指示のもと、通信ケーブルと電話ケーブルも設置中だ。次々と設営されていく救護テントは、まだ宙を舞う粉塵のせいで、霧のなかから不意に現れたように見える。

こういう場面を見ると、税金の使い道にも納得がいくというものだ。

もちろん記者たちも駆けつける。彼らもまたプロなのだから。救急隊と先を争うようにテレビとラジオの中継車が次々到着し、すぐにケーブルが繰り出され、実況中継の準備が進められていく。リポーターたちは従軍記者気取りで絶好のポジションを探す。自分の背後に瓦礫の山が映るような場所だ。

そう、これこそが現代の民主主義国家であり、そこでは〝プロ〟が力をもっている。

十七時三十分

内務省の緊急会議。

「大統領はなんと言われましたか？」と官房長が訊く。

だが内務大臣は答えない。そんなことはどうでもいいという意味だ。大統領といえども、ほかの連中と変わらず、もっと情報を寄こせと言うだけなのだから。

大臣はデスクを離れて前に出たが、ソファーに座ろうとはしなかった。さっさと片づけようという意味で、首のひと振りで国内情報中央局《DCRI》の局長に発言を求め、その口を借りて誰もが最初から思っていたことをはっきりさせた。つまり、イスラム過激派によるテロではないと。そちらの方面は、長続きはしないとしても、とりあえず小康状態を保っている。数か月前から複数の小組織との交渉が秘密裏に進められていて、うまく話がまとまりそうだ。政府は公にはその件を否定しているが、実際は多額のユーロと引き換えに二人の人質を解放させようとしていて、テロ組織側もこの交渉に旨味を感じている。フランスの国庫から思う存分金を汲《く》み出せるパイプラインができたのに、誰がわざわざそれを壊すだろうか。とにかく今回の爆破事件は彼らのやり口ではないし、彼らが狙うような場所でもない。それに、たれこみ屋からも覆面捜査官からもおかしな動きがあるという情報は上がってきていなかった。いや、ほんとうに、ひとつも。

「したがってイスラム過激派は除外できます」

となると、残るは政治的なもので、話は複雑になる。この方面でも情報機関はここ数か月なにも察知していなかったが、問題を起こしそうな小集団なら山ほど存在する。そうしたグループは日々生まれては消えていく。絶えず再編されるので動きも予測できず、個人行動に近いものまで含めるときりがない。

「総力を挙げて対応に当たっています」

被害状況については一時間ほどでまとめられるだろう。遅くとも二時間以内に。

大臣は頷き、広報担当官に指示した。

「報道機関には調査中という以外、なにも言わないように」

そして静かに全員を見わたした。

「次の指示があるまで勝手な行動は慎んでくれ、いいな？　どの部署もうかつに動揺や混乱を見せないことだ。余計な憶測を招きかねない」

結局、報道機関へのコメントは「関係各省庁は冷静かつ迅速に対応しています」と決まった。

その場の全員がそれでわかった気になった。

すでに車が待っていて、大臣はさっそく現場に向かう。そこで見舞いの言葉を述べ、「原因究明に全力を挙げます」云々で人々を安心させるために。

大災害も仕事のうちだから。

十七時五十五分

今日もデュペルー公園では、ベビーシッターたちが椅子を寄せ合っておしゃべりに花を咲かせている。遊具が置かれた遊び場の近くでは、数人の母親が子供たちのはしゃぎぶりを心配そうに見守っている。そしてジャンはというと、公園のほぼ中央にあるベンチに腰かけている。この公園に来るたびに座る、いわば彼の指定席だ。

そこへ管理人のマルセルが通りかかった。マルセルは二十四年前からこの四角い公園の管理をしていて、いまや支配者として君臨している。規則には厳しいが親切で、利用者に規則違反があるとすぐ警告の笛を吹くものの、警察を呼んだりしたことは一度もない。常連には特に気を配り、ジャンの前を通るときも軽く会釈する。皆さんのご愛顧により仕事ができていますと思っているのか、どこかバーテンダー然としたところがある。

ジャンはいつものように背筋を伸ばし、膝を合わせ、太腿のあいだに両手をはさんで座っていた。管理人の会釈にも唇のわずかな動きで応じただけだが、それが彼のあいさつだ。ベンチでなにをするわけでもない。新聞を広げたことも携帯をかけたことも一度もなく、いつもただ公園を眺めてなにやら考え込んでいる。今日も同じことで、ぼうっと座っているのだが、よく見るといつもよりまばたきの回数が多い。じつをいうと、心臓がまだばくばくしていた。外見からはわからないので、まさかこの青年が、ついさっき隣の区で爆破事件を起こしてきたとは誰も思うまい。ジョゼフ＝メルラン通りは遠くない。いまなおそこを行き交う消防車や救急車のサイレンがここまで聞こえてくる。

管理人が遠ざかると、ジャンは左右をすばやく確認してから立ち上がり、ベンチのうしろへ回って木立に分け入った。そして鋳鉄《ちゅうてつ》の蓋があるところで跪《ひざまず》き、茂みに身を隠したまま、手作りの工具を使ってその蓋を持ち上げた。重みできしむ蓋をそのまま支えておくにはコツが要る。だがなんといってもむずかしいのは、自分がなかに入ってから音を立てないように蓋を閉めることだ。数日前に爆弾と工具一式を運び入れたときには、まさに冷や汗ものだった。

下に降りたジャンは、コンクリートで囲まれた狭い空間に膝を突いた。共同溝の入り口だ。電気、電話、光ファイバーなど、ライフラインのケーブルや管の束がここを通り、この地区に血液を送る血管のような役割を果たしている。パリはもちろん、地方の都市でもこうした共同溝が地下に埋められている。多くは道路の下に設置され、入り口は鋳鉄の蓋で覆われているのですぐわかるが、ここは公園内なので人目につかない。ジャンもたまたま見つけたにすぎない。ボールが茂みに入ってしまって途方に暮れている子供がいたので、代わりに茂みに分け入り、そのとき蓋に気づいたのだ。

ジャンは一分かけて呼吸を整えると、ジャンパーのポケットから懐中電灯を取り出し、問題が起きていないか、前回来たときから誰も立ち入っていないか確認した。照らし出されたのは天井の低い十五メートルほどの通路だ。彼は腰をかがめて進んでいき、突き当たりの少し広い部屋に出てから腰を伸ばした。この部屋の壁にはメーター類や各種装置を格納した箱が固定され、配電盤もふたつあり、その扉には赤と黒の警告ラベルが貼ってある。法に基づいた《感電の恐れあり》の表示だが、爆弾魔に安全確保を促すというのもおかしなもので、ジャンがもう少し違う性格だったら笑ったかもしれない。

ジャンパーをきちんとたたんで床に置き、あぐらをかくと、彼は置いてあったリュックから工具をひとつずつ取り出しはじめた。このリュックは最初に持ってきて以来置きっぱなしにしていたが、今日は持ち帰る。今日が最後で、もう戻ってくることはない。細かい作業のために、懐中電灯に代えてヘッドライトを点け、さっそく仕事にかかった。

ジャンはいま正確に、デュペルー公園の中心地点の地下にいる。頭上の数メートル右手には幼児用の遊び場があり、すべり台やぶらんこ、スプリング遊具、積み重ねたりよじ登ったりできるキューブなどが置かれている。子供たちはそこが大好きだ。

十八時三分

帰宅してドアを開けると同時に、カミーユはドゥドゥーシュに「ごめんよ」と声をかけた。ドゥドゥーシュというのは飼い主に似てひねくれた雌のトラ猫で、謝ったのは三日間も放っておいたからだ。さっそく窓を開けて風を通したが、ドゥドゥーシュはテーブルの端に鎮座したまま無視を決め込んでいる（なにしろヒステリックな性格なので)。上着を脱ぎ、キャットフードを補充し、詫びの代わりに特別サービスの冷たい牛乳を小皿に入れ、床に置いてやる。

「どうした。欲しくないのか?」

ドゥドゥーシュはそっぽを向いている。

「まあいい、好きにしろ」

カミーユもようやくひと息つき、自分のためにウイスキーを注いだ。

この休暇はカミーユにとって満足のいくものではなかった。ひとりになりたいと思ったことが、自分で不愉快だからだろうか? 留守電にアンヌからのメッセージが入っているのに気づき、さっそく再生した。温かい声が流れる。「戻るのがそんなに遅くないなら、食事しに来る?」おかしなことに、モンフォールにはアンヌを連れていきたくなかったし、実際連れていかなかったにもかかわらず、カミーユは三日間ずっとアンヌの絵を描いていた。ウイスキーをすすりながら、三日分のクロッキーをぱらぱらとめくってみる。カミーユはいつも記憶で描く。日々の暮らしのなかで強い印象を受けたものはなんでも(人の顔でも、姿でも、表情でも、物の細部でも)、遅かれ早かれスケッチブックの上に再現される。

クロッキーを見ながらアンヌの番号を押した。

「どんな食い物があるかによるな」といきなり言った。

「いやな言い方……」

カミーユはにやりとし、電話の向こうでアンヌも笑っていると感じた。

そのあとしばらく言葉が途切れたが、言葉にならない会話は続き、通じ合うものがあった。

「一時間後でどうだ？」

十八時五分

爆発から一時間が経ち、ジョゼフ＝メルラン通りの負傷者はすでに全員病院へ搬送されていた。

いまのところ人的被害の状況は奇跡に近い。負傷者が二十八人で、死者はいない。

「まだわかりませんが」と慎重な前置きはつくものの、現状では重体に陥っている患者はひとりもいない。手足の損傷、脱臼、打撲、血腫、骨折、やけど、肋骨陥没骨折など、いずれも外科的処置が必要で、リハビリに数週間かかることも考えられるが、深刻な状況ではない。むしろ心のケアのほうが課題になりそうだ。あの少年も片腕を折っただけで、命に別状はなかった。きっと学校でヒーローになり、クラスメート全員がギプスに寄せ書きしてくれるだろう。処女の女子大生のほうは仰向けに倒れているところを発見され、彼女に言い寄った男は肩を脱臼して救急搬送された。男はなんの用もないはずの地区の、ランジェリー専門店〈ウーマンズシークレット〉でひっくり返っていたので、この状況を妻に説明するのに苦労することだろう。

もちろん、このあと瓦礫の下から遺体が見つかる可能性はゼロではない（たとえば崩れた足場の金属パイプの山の下のほうで）。だが現場はすでに救助隊がひととおり捜索を終え、救助犬も投入され、そのうえで「下敷きになっている人はいない」との報告が出されている。

奇跡だ。

その点はまずリポーターたちが言葉を駆使して指摘した。プロである彼らは、死者がいなければいないでそのことを大ニュースに仕立て上げる。つまり「奇跡です」と。もちろん、どんな言葉も現実の死者には及ばない。報道において〝死者〟

という言葉は万能で、効果てきめんだ。だから死者が出ていないとなると頭を使わなければならないが、そこで経験がものをいう。経験という意味では現場に駆けつけた警察も引けをとらない。三十人ほどが万全の体制で捜査を開始し、そのなかにはテロ対策班のメンバーも含まれている。まず数人の警官が爆発に巻き込まれた人々から話を聞こうとしたが、こちらは医師の許可を得て一部の軽傷者に質問するのがせいぜいだった。残りの警官たちはそれ以外の目撃者から情報を集めようと、通りに面した建物の住人や、近隣の商店主、被害を受けずにすんだ通行人などを求めて地区一帯をしらみつぶしにしている。

捜査に当たるのは現場にいる彼らだけではなく、署内にいる別のチームも彼らと連携して情報収集を急いでいる。たとえば近隣の集合住宅や店舗の所有者や借り主をリストアップし、データバンクに当たり、二台の監視カメラの映像を回収する(残念ながら二台とも明後日のほうを向いていて、なにも映っていないと思われるが)。目撃者にしろ通行人にしろ、名前が特定でき次第、その人物に関するあらゆる資料を集めて徹底的に洗う。事件発生から一時間で、集められた情報はすでに数十ギガバイトに達していた。

それにもかかわらず、いまのところまともに頼れる情報はたったひとつ、クレマンス・クリゼチャンスキーの目撃証言以外にない。

彼女の苗字はKriszewchanszkiという複雑な綴りで、書きとるとき誰もが必死になる。これまで生きてきた二十二年間で、彼女は自分の名前が間違いなく書かれるのを見たことがなく、間違いがひとつだけだったことも二回しかない。見た目はごく平凡な娘で、普段は注目されることなどない。だが今回は……。彼女はあのカフェのテラス席で、ジャンから数メートルのところにいた。爆発のとき、一緒にいた男友達は椅子ごとひっくり返って頭を打ち、その後救急搬送された。

「ジュリアン……」と答えた声は尻すぼみになった。

「苗字は？」警官がペンを構えたまま訊く。

クレマンスは言葉に詰まった。ジュリアンとはあそこでいちゃついていたのだが、苗字を知らない。友人の友人というだけしか……。ふしだらだと思われるのが怖くてなにも言えず、口を尖らせた。だが警官のほうはそんなことはどうでもいい。たとえ相手が十三歳から客を引いているような女だったとしても、たいして気に留めなかっただろう。重要なのは、この女性が爆弾を仕掛けた犯人を目撃しているかもしれないという一点に尽きる。

クレマンスはいま、爆発でショーウインドーが粉々になったレストランの奥まったホールで、赤いプラスチックの椅子に座った三人の警官に囲まれている。

「背が高くて……」あの犯人らしき男のことはよく覚えている。「百八十以上だと思います。なんか鈍そうな感じ。わかります？　間抜けっていうか……。髪は褐色で、額がかなり狭くて、右目の下に薄い染みがあって、唇が厚くて、アウトシームのベージュのデニムをはいてて、ベルトはハーレーダビッドソン。で――」

「ちょ、ちょっと待って」警官がついていけなくなって止めた。「ベルトのバックルまで覚えてるんですか？」

その横のリーダーらしき警官が、彼女の答えを待たずに三人目になにか耳打ちした。すると三人目はその場を離れたが、すぐまた戻ってきた。

三人ともどうやら証言を疑っているようだが、クレマンスにはどうしてなのかわからない。リーダーに先をどうぞと促され、話を続けた。男の服装、携帯電話の機種、足元に置いていたスポーツバッグ、靴、それから動作まで。特に詳しく説明したのは、男が携帯電話をテーブルの上に立てたときのことだ。自分の前に慎重に立ててから、レンズの向きを微調整した。ある建物のほうを向くように……。そこへ若い私服警官が駆け込んできて、テーブルの上に紙を置き、三人になにか小声で伝えたかと思うとすぐに出ていった。そのあと、三人の警官は黙ったままクレマンスをじっと見つめた。

ますますわけがわからず、クレマンスも三人の顔をじっと見る。ひとりずつ順番に。

「いま入ってきた私服警官のことを描写してもらえますか？」とリーダーが言った。

陳腐なやり方だが、ほかにいい方法がないのだろう。

「三十歳くらいです」とクレマンスが始める。

わかりきったことを言わされるのはばかばかしいが、仕方がないといった口調で。

「ブーツカットのブルーのパンツ、ジャカード織りっぽくて、青い山形模様が入ったセーター、首に金のコインネックレスをかけてて……」

三人の警官は口元をほころばせながら顔を見合わせる。この証人なら判事も気に入るだろう。

警官たちは改めて爆弾魔かもしれない男の話に戻した。続いて似顔絵作成のために鑑識が呼ばれ、スーパーリアリズム調の肖像画が出来上がった。これなら幼稚園のころの友達でもわかりそうだ。

ものごとがこれほどスムーズに進むことはめったにない。

十八時八分

ほぼ同時刻、クレマンスがいるレストランから百メートルも離れていないところで、二人の男がこの事件の意外な側面に光を当てようとしていた。

ひとりはバザンという。パリ警視庁中央研究所の爆発物のプロで、五十代。体格がよく、フランス南西部出身。青春をラグビーに捧げたが、プロにはなれず、というのも手が華奢でボールを扱うのに不向きだったからだ。だがその手は爆発物処理には理想的なので、そちらに人生を捧げることになった。

いまバザンは爆発でできた穴の前に立っている。

爆破事件の現場なら山ほど見てきたが、これは妙だと彼は首をひねる。

「おっと……」と横で声がした。

これがもうひとりの男、同僚で古株のフォレスティエだ。彼はコソボで指を一本失い、その日から人が変わってしまった。普通は指を一本失ってもこの世の終わりとは思わないだろうが、自分を不滅と信じる男にとっては決定的だったらしい。そのフォレスティエもいま穴を見ている。工事の足場が崩れて覆いかぶさっているので一部しか見えないが、このふたりにはそれで十分だ。彼らのような達人は、クレーターの端のほうを四十センチほど見ただけで、全体像を思い描くことができる。

後日瓦礫が完全に撤去されたとき、人々が目にすることになるのは直径三メートル、深さ一メートルのクレーターだが、このふたりにはすでにそれがわかっている。

「なんてこった」とフォレスティエが言う。

ふたりとも啞然とする。

それから頷きながらこっそりほくそ笑んだ。それは皮肉屋だからではなく、純粋に職業上の反応だ。

それも当然で、パリのどまんなかに百四十ミリ砲弾で穴があくとは、ずいぶん久しく目にしない光景だった。

十九時

「なんだと？　砲弾？」

「はい、大臣」市民防衛・安全局の幹部が答える。「第一次世界大戦時のものと思われます」

「そんなものがまだ爆発するのか？」

「すべてが爆発するわけではありません。使えないもののほうが多いです。しかしどうやら、ジョゼフ＝メルラン通りのものは状態がよかったようで」

内務大臣は国内情報中央局《DCRI》の局長のほうを振り向き、目で尋ねた。相手は困りましたと顔をしかめる。

「過去の爆弾テロとは様相が異なります。こちらの推測どおり単発事件だとすれば、犯人を突き止めるのは容易ではありません。早々に犯行声明が出ればむしろ幸いです。要求が身の代金であればなおさらのことで、足掛かりがあればこちらも動けます。しかしそれまでは、武器コレクターや第一次世界大戦マニア、殺傷事件を起こしかねない小集団などを調べる、あるいは見逃している危険人物がいないか洗い直すといったところがせいぜいで、つまり、手当たり次第に情報をかき集めるしかありません」

大臣は行動の人であり、待つしかない状況は性に合わない。というわけで、大臣は立ち上がった。大統領に報告に行かなければならないからだが、そう考えたら少しほっとした。大臣という役回りには時々うんざりさせられる。だが大統領職よりはずっとましだ。

十九時十五分

渋滞がなければ、約束した時間にアンヌのところに着いていただろう。カミーユは時間を守るほうだ。だがラジオの情報が十分ではなかったので（「……内務大臣が現場に赴き……」）、ジョゼフ＝メルラン通りが延びている地区に入り込んでしまい、それが致命傷となった。テールランプの列が詰まってきたところで、しまった、つかまったと思ったがもう遅い。距離的には近くまで来ているのに、時間がかかりそうだ。こういう場合、回転灯を出してハイビームで車列のあいだをすり抜けるという同僚が少なくない。まあ、正直になれと言われれば、カミーユもその誘惑に負けたことがあると白状せざるをえない。だがごくまれなことで、今回もそんなことはしない。代わりにGPSで抜け道を探そうと思ったが、よく見えないので眼鏡を外したらうっかり落としてしまい、拾おうと手を伸ばしたが届かない。四苦八苦していると、タイミングを見計らったように電話が鳴った。

「いまどこ？」アンヌだ。

アクセルレバーから手を離すと、車はぶるりと震えてエンストしたが、カミーユはそのすきに座席の下にもぐり込んで眼鏡を拾い、すぐさま電話を肩にはさみ、息を切らせながら言った。

「近くだ、近く」

「車じゃなくて、ランニングなの？」アンヌは面白がっている。

不意に車が流れだした。前方が開け、うしろからはクラクションの嵐。カミーユはシートによじ登り、シートベルトをひっつかみ、エンジンをかけ、ギアをサードに入れるが、電話は奇跡的にまだ肩に載っている。車は不機嫌に揺れてからようやく発進。

「もうすぐだ。あと五分」

そこで電話がすべり落ちたが、どうにか膝で止まり、ほっとしたのも束の間また電話が鳴る。

車の流れがよくなったのは迂回路への誘導のおかげだった。警官が警棒を振りまわしながらむきになってホイッスルを吹いている。カミーユはその前を通り過ぎ、加速する。もう問題ないようだ。迂回路なので道を見失うまいと集中する。幸い近道になったようで、アンヌのところから道数本分しか離れていない。

電話はまだ鳴っていて、表示がルイからだと告げている。カミーユの片腕だが、この男もまた周囲から「なぜ警察なんかにいるんだ？」と不思議がられているひとりだ。ルイはとんでもない金持ちで、毎日寝て暮らしても困ることはない。しかも教養があり、その知識は百科事典並みで、鋭い質問ですきを突こうとしても必ず答えが返ってくる。それにもかかわらず、ルイはパリ警視庁犯罪捜査部の刑事になった。要するに、根はロマンチストなのだ。

カミーユは電話に出た。

ルイがジョゼフ＝メルラン通りの爆破事件の話を始める。

「ああ、それならニュースで聞いた」

カミーユは駐車スペースを求めてアンヌのアパルトマンがある建物を通り過ぎ、付近をもう一周するしかないかと思いはじめる。

「内務省は上を下への大騒ぎで、警視庁は――」

「いいから、早く言え」

苛立ちが出た。というのも、少し先にぎりぎり一台分空いているのを見つけたのだが、電話をもったまま縦列駐車するのは……。カミーユは減速し、ハザードランプを点ける。

「男が来ているんです」とルイが本題に入る。「あなたと話したいと言って」

「そんなことでかけてきたのか？　そっちで対応しろ！」

「あなたとしか話さないと言っています。爆弾は自分が仕掛けたとも」

カミーユは急ブレーキを踏み、うしろの車がパッシングする。

「あのな、ルイ、そういう連中は――」

だがルイがそこで先手をとる。

「爆発の一分ほど前から現場の様子を録画していたんです。ですからまず間違いありません。犯人じゃないとしたら、いったいどこから情報を得たのか疑問です」

どうやら腹をくくるしかない。カミーユはウインドーを下ろし、回転灯を屋根に載せ、ハイビームで加速した。

「おれだ」とアンヌに電話をかけた。「今夜行けるかどうか怪しくなってきた」

十九時四十五分

爆破事件でパリ警視庁は大騒ぎになり、なかでも犯罪捜査部は興奮状態に陥っていた。青年が出頭してきて、自分が爆弾を仕掛けたと主張しているという話が一瞬で広まったからだ。

カミーユは一階で研究所のバザンとすれ違った。ふたりはすでに顔見知りだ。過去にふたつの事件で一緒に仕事をしたことがあり、互いに話の通じる相手とわかっている。

「たぶん百四十ミリの砲弾だぞ」とバザンが一緒に階段へ向かいながら言う。

「そりゃ……ばかでかいやつじゃないか？」

バザンが両手を離し、釣った魚の自慢でもするように大きさを示す。

「長さが五十センチで……径が十四センチ。ばかでかいってほどじゃない。まあちょっと重いけどな」

カミーユはその情報を頭にメモする。

「で、現場の分析からなにかわかったか？」

「まず、工事用の足場があって」バザンが指を折りながら言う。「それから歩行者用の臨時の通路、建物正面ならではの頑丈な構造、爆弾が埋められていた深さ……そういう要素が重なって、衝撃波と爆風が緩和された。そうでなかったらかなりの人的被害が出ていたかもしれない。考えてみろよ、もしあれが映画館の下に仕掛けられていたら、しかも夜九時あたりにセットされていたら、二十人は死んでるぞ」

そこでちょっと首をかしげ、訂正した。

「いや、三十人かな」

バザンと途中で別れ、自分の部署に向かうと、部屋の前の廊下に若い娘が座っていた。不安げな様子で。その娘を警官が二人で警護している。

「犯人の唯一の目撃者です」犯罪捜査部に入ったところでルイが報告した。「クレマンス・クリゼチャンスキー。複数面通し《パレード》の準備をしておきました」

カミーユは自分のオフィスに入る。

「よし、ルイ、全部話してくれ」

「彼はガルニエと名乗っています」

ルイは上質の手帳と、上質のペンをもち、片手で前髪をかき上げた。右手で。

「それにしてもなんだっておれなんだ？」カミーユは苛立ちを隠さなかった。「ほかにいくらでもいるだろう？」

「あなたをテレビで見たと言っています」

「おつむの程度がわかるな」

ルイは冗談には取り合わず、話を続ける。

「彼自身の名前はデータベースにありませんが、母親のはありました。ロージー・ガルニエ。八か月前から衝動殺人で未決勾留されています。再犯の恐れがあるからです」

「どんな家族かもわかるな」

ルイが一枚の紙を差し出したので受けとった。三十行で要点をまとめた完璧なメモだ。ルイが合格したのが国立行政学院《ENA》だったか高等師範学校だったか、カミーユはいつも忘れてしまう。いずれにしてもルイはお決まりのエリートコースを行かず、警察に入った。三十行にまとめてあるのは母親のほうのガルニエ事件で、息子のほうは情報がない。

デスクの上に爆発の数分後に撮影された現場写真が並べられている。この世の終わりのような光景。カミーユの脳裏にロジエ通り（一九八二年にユダヤ料理店で起きた爆弾テロ）やコペルニクス通り（一九八〇年にシナゴーグで起きた爆弾テロ）の映像が浮かんだ。地下鉄の駅で起きた連続爆弾テロ、あれは何年だっただろう？　カミーユは日付を覚えるのが苦手だ。

一枚の写真に目が留まった。少年があっけにとられた表情で歩道に倒れている。顔を横に向けてうつ伏せになっていて、その顔に血が流れている。手にクラリネットのケースをもっているが、蓋が大きく開いていて、中身がない。

こうした子供の姿を見ると気が動転してしまう。身長のせいで、カミーユは子供たちを自分に近い存在だと感じている。

いや、それだけではなく、カミーユは感受性が強いのだ。涙もろいと言ってもいい。

そういう性格は警官にとって……いや、やめておこう。

十九時五十五分

カミーユはその青年を三十前後と見た。

「二十八歳です。六月で」そこが大事だと思ったのか、青年は正確を期した。目が泳いでいて、カミーユのほうを見ようとせず、膝のあいだで合わせた手のひらをゆっくりこすり合わせている。だがそのしぐさにたいした意味はなさそうだ。カミーユに初めて会う人間はたいてい当惑し、こんなふうになる。百四十五センチのカミーユを正面から見るには、少しかがまなければならないし、椅子に座ったら座ったで、床から浮いたカミーユの足がぶらぶらするのを見ることになる。ガルニエと名乗る青年はカミーユを知っていたわけだが、それは〝テレビで見たあのヴェルーヴェン〟であって、本物を目の前にしたらやはり印象が違うのだろう。

それに、その青年は体つきはがっしりしているが、性格は内気のようだ。

「ジョン・ガルニエさん」とカミーユが身分証明書を見て言った。

「ジャンです！」

青年はいきなり嚙みついた。そこにもこだわりがあるらしい。カミーユは首をかしげ、外国語でも解読するように目を細め、身分証明書をもう一度よく見た。

「しかし、ここには〝ジョン〟と書いてありますよ」

すると相手はカミーユをにらみつけた。

「いいでしょう」とカミーユは譲った。「ジョン《John》と書いて、ジャンと読む。では、ジャン・ガルニエさん」と力を入れる。「あなたがジョゼフ＝メルラン通りに爆弾を仕掛けたんですね？」

そして腕を組んだ。

「詳しく聞かせてください」

「あそこで工事があって、穴が埋め戻される前に、ぼくが爆弾を置きました」

カミーユは反応しない。この種の状況では、容疑者が話の途中でぼろを出し、それを取り繕おうとしてさらにぼろを出し、結局二人に一人が自滅する。だから勝手にしゃべらせておくのがいちばんだ。

「あれは砲弾で」ジャンはまた正確を期す。「夜のあいだに、ぼくが置いたんです」

カミーユは片眉を上げるにとどめた。ジャンは（ほんとうはジョンなのかもしれないが）太い声をしているが、数語で勢いを失うので、やたらに句読点を打つような話し方になり、それを〈主語＋動詞＋目的語〉と組み合わせて基本文型をつくる。

「水道管の工事です。通りが掘り返されて、数日のあいだ、穴が口をあけたままでした。周りに、安全のための柵があって、誰かが落ちたりしないようになってました。ぼくは夜あそこへ行って、溝に防水シートをかけて、溝に下りて、防水シートの下で作業しました。溝の側面の、歩道から五十センチ下に横穴を掘って、砲弾を置いて、起爆装置を取りつけて、時間を設定して、穴をふさいだんです」

ジャンの話には謎がない。隠すどころか話したがっていて、促せばいくらでも説明しそうだ。

ルイがパソコンを操作し、カミーユに目で合図した。ジョゼフ＝メルラン通りでは先月たしかに水道管の交換工事が行われている。

「で、なぜそんなことを？」とカミーユが訊いた。「目的はなんです？」

だがジャンは質問には答えない。彼はすべてを語るが、あくまでも自分が話したいことを話したい順序で語るだけだ。ものごとはすべて彼の想定どおりに進まなければならない。それも正確に。

「砲弾は、七つ仕掛けました。まだ六つあります。毎日ひとつ爆発します。そういうふうにセットしたんで」

「ばかな……」カミーユはたまげてしまい、同じ質問を繰り返した。「目的はなんなんだ？」

要求は彼らふたりの釈放だった。勾留されている母親と、警察留置（令状なしで一時的に身柄を拘束できるフランスの制度）になることが確実な自分の。

「〝証人保護プログラム〟みたいなやり方で」

軽率な反応だと思いながらも、カミーユは笑ってしまった。だが相手は動じない。

「新しいＩＤを用意してください」とジャンが続けた。「オーストラリアに行って、向こうで暮らせるように、金も用意してください。五百万ユーロと思ってます。国境を越えたら、残りの砲弾の場所を教えるから」

「そんなのはアメリカの制度であって、ここじゃやってない！　テレビドラマの観すぎじゃないか？　ここはフランスで――」

「知ってる」ジャンは見るからに苛立って、手で払うしぐさをした。「そんなこと知ってる！　でもアメリカでできるなら、ここでもできる。前例だってあるはずだ。スパイとか、マフィアの証人とかのために。調べてくださいよ。そもそも、そうするしかないでしょ。だめならどうなるか……」

この男は世間知らずで、明らかにおとなげない（オーストラリアに移住だと？中学生か？）。だが、けっしてばかじゃない。この脅しがはったりではないと確認されたら、とんでもなく厄介なことになる。

「わかった」と言いながらカミーユは立ち上がった。「ではもう一度、最初から詳しく話してもらおうか」

了解。

ジャンは同意した。状況がはっきりすれば、それだけ早く話がまとまると喜んでいるようだ。

「金は、条件によっては、四百万まで下げられるけど、それ以下はだめです」

彼は交渉がまとまることにいささかの疑いも抱いていない。

二十時五分

部屋を出たところで、あの発音不可能な名前の娘と目が合った。カミーユは安心させようと笑顔で近づいた。

「だいじょうぶですか？」

娘は黙ったまま頷いた。

「これからあなたに協力していただきます。それが終わったら帰れますよ」

娘はもう一度頷いた。

面通しのための部屋に入る直前に、カミーユはルイを脇に呼んだ。

「ガルニエを外させろ」

ルイは前髪をかき上げる。左手で。当惑のしるしだ。そして、でも規則が……と言いかける。

「わかってる」とカミーユが遮った。「だがかまうもんか。あいつだと確証がもてたら、手続きなんかどうでもいいだろ。ほら、急げ」

というわけで、自分の前に立たされた五人の男を見たとき、クレマンスはがっかりすることになった。五人ともベルトなし、靴紐なし、ネクタイなしで、年齢は若いのから老けたのまでばらけている（五人ともあちこちの部署から駆り出されてきた警官だ）。クレマンスは首を振る。残念ですが、でもほんとうに……。

「このなかにはいません」とはっきり言った。

心地よい優しい声。申し訳なさそうな苦笑。この娘は自分の役目を果たそうとしていて、この人ですと犯人を指さしたくてたまらないのだ。それでもいい加減な答えはしない。もう一度よく見てくださいと言われても、やはり否定した。いいえ、カフェのテラスで見た人はここにいませんと。

カミーユは、空くじを引くことだってあるさと言いたげに肩をすくめてみせた。

それからクレマンスのためにドアを開けてやり、どうぞと促した。すると案の定、廊下に一歩踏み出したクレマンスが逃げ戻るようにくるりとカミーユのほうに向き直り、親指で自分のうしろを指した。通路の長椅子には三人の男が座っている。三人ともクリニックで診察の順番を待つようにぼうっと座っているが、じつは若い私服警官二人とジャンだ。

「あの人です！」クレマンスは興奮しながら必死で声を殺す。「あの男です！」

それはいい知らせだが、厄介ごとの始まりでもある。カミーユはクレマンスを若い私服警官のひとりに預け、見送らせた。

そして自分のオフィスに戻る前に交換台にかけ、バザンにつないでくれと頼んだ。周囲の誰もが声をひそめ、耳をそばだてた。爆破事件の犯人らしき男がここに来ているという事実に誰もが興奮し、真偽のほどを知りたがっている。

「どうだった？」とバザンが出た。

「詳しくは言えないが」カミーユは小声で言った。「どうやら事態は深刻だ。あいつの言うことを一緒に聞いてくれないか。助言が欲しい……爆弾のプロとしての」

バザンを待つあいだ、窓際で外を眺めて考えをまとめようとした。「爆弾があと六つ。毎日ひとつずつ爆発する」と頭のなかで繰り返す。

だがだめだった。津波や地震に思いをはせるときのように、恐ろしいものだとわかっていても、自分がその場にいないかぎり、どう想像してみても抽象の域を出ない。

二十時十五分

カミーユがバザンを連れてオフィスに戻ると、ジャン・ガルニエがバザンのほうをちらりと見た。背が高く、肩幅が広く、華奢な手をした男を。バザンはジャンのうしろにある椅子に座り、腕を組んだ。だがジャンは気にする様子もない。

もう一度最初からやり直す。今回は細部を押さえながら。

「つまり、砲弾を七つ買ったんだね？」

「いや、買ったんじゃなくて」とジャンが訂正する。「拾ったんです。ソムピーの南隣の、スアン＝ペルトの道路沿いで。それとモントワでも」

カミーユがジャンの肩越しにバザンを見ると、軽い頷きが返ってきた。それらがフランス北東部、マルヌ県内のシャロンから少し北に上がったところの村々だということを、カミーユは少しあとでバザンから聞くことになる。そのあたりでは、いまでも第一次世界大戦時代の砲弾が年に数十発地面に顔を出し、それを農家の人々が道路脇に集めておき、爆発物処理班が来るのを待つのだという。

カミーユはあっけにとられた。

道端で砲弾を拾ってくるとは。

「で、どうやって運んだんだ？」

ジャンがルイの横のテーブルのほうを見た。そこにはジャンのスポーツバッグの中身のすべてが並べられていて、彼はそのなかの大きなクリップで綴じた領収書の束を指さした。

「車を借りました。領収書がそこにあります」

続いてうしろからバザンが質問したが、ジャンは振り向かず、ただじっと耳を傾けた。バザンが訊いたのはどうやって砲弾を爆発させたかで、というのも砲弾を拾ってくることと、それを爆発させることはまったく別の話だからだ。

「起爆装置とリレー」当然だという口調でジャンが答えた。「むずかしくありません」

そして今度はテーブルの上のデジタルクロックを指さす。

「どの爆弾にも、こういうのを取りつけました。ネットで三・九九ユーロで売ってます」

ルイが領収書の束のなかからその分の一枚を抜き出した。カードで支払われていて、そのカードも財布のなかにあったので、ジャンが買ったと考えられる。自分が犯人であることを証明するために領収書の束を持ってくるとは、カミーユもルイもそんな犯人にはついぞお目にかかったことがない。

ジャンが次に指さした箱には、煙草くらいの長さのチューブ状の起爆装置が詰まっていた。

「そっちは、〈テクニック・アルプ〉っていう会社の倉庫から盗みました。オート＝サヴォア県にある、土木建築機材の会社です」

ルイがネットで検索する。

「パートの警備員がひとりいるだけで、盗むのは簡単でした」

「たしかにありますね、そういう会社が」ルイが画面を見ながら言う。「所在地はクリューズ」

「本社はそうかもしれないけど」とジャンがつけ足す。「倉庫はサランシュです」

部屋に不気味な緊迫感が漂いはじめた。

ジョゼフ＝メルラン通りについての供述が真実だとすれば、それ以外の話も真実味を帯びてくる。つまりこれからまだ六つの爆破事件が起こりうる。バザンはすでにそう確信しているようで、先ほどから何度もカミーユに頷いてみせている。もはや疑いの余地はなく、専門家の目から見ても、まず間違いなくジャン・ガルニエが犯人だということだ。

バザンはとうとう立ち上がり、ジャンの前に出てきて、面と向かって言った。

「第一次大戦の砲弾がいま見つかるということは、当時爆発しなかったからだ。そういう砲弾で、いまでもまともに爆発するのは四つにひとつもないわけで……」

ジャンが眉間にしわを寄せた。バザンの言いたいことがわからないらしい。

「要するに」とバザンが言い直す。「きみの脅しは、砲弾が爆発しなければ成立しない。わかるな？」

頭の鈍い人間に言い聞かせるような口調になったが、それも致し方ない。ジャン・ガルニエの顔つきは才気煥発にはほど遠いのだから。

バザンは諭すように続けた。

「きみが仕掛けた砲弾がすべて爆発するかどうか、きみにはわからない。となると、脅しそのものが――」

「でも」とジャンが遮った。「第一に、最初のは文句なしに爆発しました。第二に、だからこそ、あと六発用意したんです。爆発しないのもあるだろうと思って。第三に、そっちがリスクをとりたいなら、そうすればいい」

沈黙。

バザンがうろたえまいと踏ん張る。

「きみが使ったものは全部ここに？」

「リレーとか、ケーブルとかは、全部ホームセンターの〈ルロワ・メルラン〉で買いました」

もう誰も反応しなかったが、ジャンは平然としている。説明すると決めてきたからには全部説明しますという態度だ。

「あ、それからもうひとつ。ぼくんちに行って、パソコンを探しても無駄ですから。捨てたんで。データを消去しても、どうせ復元されると思ったから」

電話も同じことで、ジャンはとっくの昔に契約を解除していた。

カミーユの頭は混乱していた。どうも腑《ふ》に落ちないのだ。バザンとルイと話し合う必要があると感じた。

そこで、そのあいだジャンを別の警官に見張らせることにしたが、正直なところその必要さえないと思える。ジャンはひとりで放っておいても逃げやしない。その点は三人とも同意見だった。

彼らは廊下に出た。

「たまげたな」ドアを閉めるなりカミーユが言った。「ネットで時計を買って、〈ルロワ・メルラン〉でリレーを買って、道路沿いで砲弾を拾えば、どこかの都市を恐怖に陥れられるってことか？」

バザンが肩をすくめる。

「そうさ。第一次大戦中に、大きな威力をもつ砲弾が優に十億発も発射された。その四発に一発が爆発せずに地中にはまり込んだ。あまりにも多くて、いつまで経っても次々と地表に出てくる。死んだ魚が浮き上がるみたいにな。だから身をかがめて拾うだけで手に入る。これまでに回収されたのは二千五百万発で、総数に比べたら無いに等しい。いまのペースだと、フランス国内の地中に埋まってるのを全部回収するのにあと七百年はかかるって計算で……。まあ、大半はまともに機能しないが、たくさん拾ってくれれば状態のいいのも混じるわけで、やる意味はあるってことさ。あいつが七発拾ってきたとしたら、統計的にそのなかの一発か二発は機能すると期待できる。運がよければ三発、四発、あるいは五発いけるかもしれないし、七発全部という可能性だってなくはない。まあ、それが一等くじだな。それから、ガルニエはデジタルクロックを使って起爆装置に通電させたわけだが、実際には電磁波を出すものならなんでも使える。チャイムでも、携帯電話でも」

カミーユはますます驚いた。

「テロといえば、高度な技術を要すると思う人が多いが、じつはそうでもなくてね」とバザンが締めくくった。

二十時四十五分

犯罪捜査部の興奮状態は、その後エスカレートして熱狂の域に達した。ガルニエに関する情報が国家の頂点に向かって〝職階〟という名の複雑な水路を遡《さかのぼ》っていくあいだも、犯罪捜査部はただ待ってはいられないと、やるべきことに着手した。部長のル・グエンはシェークスピア劇並みの巨体だが、重いのは足どりだけで、頭のほうは切れる。彼はすぐさま、この事件の担当に指名された予審判事に相談に行き、ひとつの合意を取りつけてきた。すなわち、特別な体制が敷かれるまでのあいだ、ヴェルーヴェン警部に本件の捜査を任せると。

カミーユは腕時計を見て思わず笑った。

「〝敷かれるまでのあいだ〟って、あと……一時間か？」

ルイは二時間はかかるでしょうと言ったが、いずれにしても短いことに変わりはない。任されたのは下準備だけで、そのあとで外されるだろう。だがそれでいいとカミーユは思った。この事件はどう見てもまともじゃないし、誰が引き継ぐか知らないが、羨《うらや》ましくもなんともない。

単なる〝つなぎ〟の捜査とはいえ、さっそく十五人の応援が来た。ルイがまず全員を食堂に集めて状況を説明し、刑事たちは自分たちが呼ばれたわけを知ってざわついた。だがそこへカミーユが入ってくると、部屋はとたんに静まり返った。こういう現象はいつものことで、まれにみる低身長と、禿げ頭と、刃のような鋭い視線の組み合わせがあまりにも芝居がかっているので、誰もが言葉をのんでしまう。しかも言動まで芝居がかっていて、カミーユは困難な状況であればあるほど口数が少なくなる。今日も部屋が静まり返ってから、なお数秒口を開かなかった。だが誰もやりすぎだとけなしたりはしない。なにしろ全員が彼の過去を知っている。彼の妻の事件と、彼の苦しみと、療養生活と、その後の現場復帰を……。ヴェルーヴェンはすでに伝説になりかけている。

ようやく口を開いたカミーユが〝自称犯人〟について手短に説明するあいだに、ルイが要点をまとめた資料を配った。早業《はやわざ》で仕上げたものだが、簡潔で、正確で、問題が掘り下げられていて、要するに申し分ない。

「ガルニエが嘘をついていないとすれば」とカミーユは続けた。「二発目は二十四時間以内に爆発する。ジョゼフ＝メルラン通りの一発目が冗談ではなかった以上、この脅しを軽んじることはできない」

この状況ならなにか物々しいセリフを吐くこともできただろう。たとえば、「一発目で死者が出なかったのはまさに奇跡であり、同じことは期待できない。二発目の被害を防げるかどうかは、まさに諸君次第であり……」等々。実際ガルニエはそんな想像をしたかもしれないが、現実はテレビドラマとは違う。

カミーユはたったひとつ警告を発しただけだった。

「この事件を上層部がどう扱うかはまだわからない。したがって、別途指示があるまで、マスコミはもちろん、誰に対しても情報を洩らすな。このメンバーが限定的かつ特殊なチームであることを忘れないでくれ」

そこでまた間を置く。静寂のなかで全員がその〝間〟の意味を理解した。少しでも情報を洩らした者は進退窮まることになると。

もっともカミーユ自身は幻想など抱いていない。この件でマスコミは情報に飢えているのだから、ジャン・ガルニエという男が自首したという事実は早々に知れわたるだろう。これほど派手な事件で秘密裏に捜査を進めるなど、幻想以外のなにものでもない。

「いま重要なのは、ジャン・ガルニエの過去、友人、知人などを調べ上げることだ」と続けた。「特に直近の行動に焦点を当て、昨日、一昨日、一昨々日と時間を遡って追ってくれ。彼が会い、あるいは偶然出会い、あるいはたまたますれ違った相手、知人、隣人、なんでもいい。ここ数週間の行動を再構築してもらいたい」

そしてチームの分け方と役割分担をざっと指示してから、あっさり締めくくった。

「ルイ・マリアーニが調整役だ。報告はすべて彼を通してくれ。みんな、しっかり頼む」

カミーユは食堂を横切り、判事に会うために出ていった。

あとを引き継いだルイがさっそく全員に呼びかけ、刑事たちが彼の周囲に詰めかける。アルマーニの上品なスーツを着こなすルイはどこかの小君主のようだが、その有能ぶりは群を抜いている。次々と投げかけられる質問にも淡々と、正確に答えていく。この調子で朝まで続けても、汗ひとつかかずに平然としていられそうだ。

二十分後には全員が行動に移り、食堂は空になった。ルイは情報処理のエキスパートたちと別の部屋で待機する。これから刻々と入ってくる刑事たちからの電話を受け、情報を選別し、写真やデータを壁にピン留めし、部長、判事、カミーユのために逐次報告をまとめるためだ。

二十一時十分

カミーユはずっとシートベルトにしがみついていた。数台の警察車両の回転灯とサイレンのせいでものを考えることもできない。カミーユが乗った車を運転しているのは根っからの飛ばし屋で、スキーの大回転でもやっているつもりか、パリからバニョレまでをわずか四、五回のブレーキで滑り抜けようとした。

それでも念入りに釘を刺しておいたので、どの車もガルニエの家に近づくと回転灯とサイレンを消して減速し、カミーユが乗る車に先頭を譲った。近隣住民を驚かせたくないので、鑑識チームは目立たないように行動する。仕事は静かに、しかし手早くというのが彼らの鉄則だ。

ロージーとジャンが暮らしていたのは、殺風景な集合住宅が並ぶ地区だった。このあたりは一九七〇年代には貧困層が住んでいたが、一九八〇年代に中間層に格上げされ、その後は時流に乗る三十代と中間管理職が増えて、いまや「高級住宅地」

と呼ばれる日を心待ちにする人さえいる。いや実際、もう「集合住宅地区」などと呼んではいけないらしい。ここにはもはや田舎者など住んでいないのだから。二十一番地は通りの右側のいちばん手前の建物で、付近は路上駐車の列がずっと続いていた。この地区はハイブリッド車を愛するエコロジスト世代を想定して開発されたわけではないので、ガレージが少なく、警察車両は二重駐車を余儀なくされた。だが目立つことこのうえないので、カミーユはすぐさま「離れろ、少し先に駐めろ」と手で合図した。しかしいくら気をつけても、結局のところ気づかれずに行動することはできず、建物に入ったとたん、コンクリートの階段で彼らの靴音が派手に響いてしまう。すると住人たちがさっそく顔を出し、四人、五人と階段の途中にたたずみ、雌鶏《めんどり》が餌を待つように、誰かが連れ出されてくる場面を期待して待ちはじめた。彼らはひそひそ話をし、誰もがなにかを知っている、あるいは少なくとも意見をもっている様子だ。カミーユは刑事のひとりに彼らから話を聞けと指示した。隣人についての意見を求められれば、誰もが大喜びするに決まっている。

カミーユがアパルトマンに入り、そのうしろから二人の刑事と二人の鑑識官がすべり込む。

雨戸が閉められていて、少し水を張ったバスタブに植木鉢がいくつも浸けてあった。あまり水を必要としない植物は、水を入れたペットボトルを逆さにして土に挿してある。隅々まで掃除が行き届き、冷蔵庫は空で、電源を切ってドアを開け放してあり、ベッドは整えられ、洋服だんすも整頓され、床にはていねいに掃除機がけられている。掃除用の洗剤やスプレーをはじめ、ありとあらゆる種類の市販の洗浄剤のにおいが漂っている。

家具はどれも古いが、よく手入れされている。リビングには三十年くらい前に流行っていたチーク材のテーブルと椅子のセットが置かれ、食器類は横長のサイドボードにきれいに並べられている。ガラスの陳列棚にはガラス細工の馬や旅先の土産品などの置物が飾られ、民族衣装の人形もあるが、カミーユにはどの地方のものかわからない。地味な本棚に並んでいるのは、合成皮革に金文字でタイトルを型押しした安価な予約販売の叢書《そうしよ》で（『ルーゴン・マッカール叢書』『フランスの大戦争』『テンプル騎士団の秘密』等々）、どの巻も開いた形跡がない。鑑識官が手分けして戸棚のたぐいをひとつずつ調べるあいだに、カミーユはロージーの部屋をのぞいてみた。ベッドの上では、遊園地の景品のようなぬいぐるみが総出で女主《おんなあるじ》の帰りを待っている。ベッドサイドにはフェイクファーのマットが敷いてある。棚に並んでいるのは膨大な冊数のロマンス小説（『罪深き魅惑』『幸せへの橋』『一夜の魔法』

等々）。その部屋から出ようとしたとき、カミーユは鑑識官がキャビネットから引っ張り出したスーツケースに目を留めた。思い出の品を詰めたもののようだ。カミーユはざっと見て言った。

「中身を全部書き留めてくれ」

次はジャンの部屋だ。壁にサッカー選手のポスター。テレビゲームとホラー映画がひと揃い。ここもまた完璧に片づけられていて、すべてがあるべきところに納まっている。

このアパルトマンは適正家賃住宅公社《OPHLM》が管理しているので、ジャン・ガルニエが逮捕されたとなれば、二か月で別の家族に提供される。つまり家財道具はすべて処分されてしまう。ということは、片づけられているのは借家人に戻る意思があるかないかとは無関係で、警察の立ち入りを想定してのことだろう。むしろそこにこそ、借家人の意思が表れていると考えるべきだ。

あと六発仕掛けてあるというジャン・ガルニエの主張が一段と信憑性《しんぴょうせい》を帯びてきた。

二十一時四十五分

刑事が最初に話を聞いた隣人たちがジャン・ガルニエについて言ったのは、内気だが親切な青年だということだった。「修理なんかをやってくれるんです」と布袋《ほてい》腹でちょっと偉ぶった五十代の男も言った。「蛇口のパッキンの交換とか、コンセントの配線とか、そういうちょっとしたことを安くやってくれるんで……。ああ、しゃべりませんよ。〝はい〟と〝いいえ〟しか言わない。だから話し相手にはならないね。でも優しい男ですよ。あれは虫も殺せないタイプだね」

「〝虫も殺せない〟はなるほどと思った」カミーユが言った。「ジョゼフ＝メルラン通りでも、きみはひとりも殺さなかったからな」

ジャンは鉄の机に手錠でつながれ、すでにぐったりしている。彼が自首してきたのは二時間ほど前だが、その後ずっと取り調べを受けていて、しかも相手の警官は十分から十五分ごとに交替する。

カミーユが部長や判事と打ち合わせをしていたあいだ、別のチームが取り調べを引き継いだが、やり方が少々手荒だったようで、ジャンは腹を押さえているし、左頰に大きなあざが、額には深い切り傷ができていて、息も苦しそうだ。同僚の説明は「あいつは廊下で転んだんだ」だった。

テロに関しては警察が動きやすいようにさまざまな法律が用意されていて、それを駆使すれば、本来四十八時間が限度の警察留置も一世紀くらい続けられる。弁護士との接見を禁じることもできるので、ジャンは当分弁護士に会えそうもない。いや、そもそもジャンは弁護士など要らないと言っている。

「なぜなんだ」とカミーユは訊いた。

「必要ないから。こっちが欲しいものをくれたら、そっちが欲しいものを渡す、それだけです。そうしなかったら、何百人も死者が出て、ぼくは終身刑になる。それのどこを弁護士が変えられるのか、ぼくにはわかりません」

ジャンは左頰に手を当てる。

「あなたの仲間はちょっと荒っぽかったけど、爆弾を見つけるためには、ぼくが必要なわけだし……」

そのしぐさを見てカミーユは考え込んだ。ジャンはこれでいいと思っているようだ。絞り上げられたにもかかわらず、満足しているようにさえ見える。

カミーユはこれまで何度も容疑者が痛めつけられるのを見てきたので、どういう反応を見せるかも知り尽くしている。それだけにジャンの反応には驚いた。ひどく殴られたに違いないのに、それが普通だと受け止めている。こういうことを予期し、警察の出方を読んでいたかのように。

いったいどこまでが想定内なのだろう。

それに、綿密な計画を練ってきたにしては、ジャン・ガルニエは驚くほど不機嫌で、浮かない顔をしている。

なにかがおかしくないだろうか？

「ジョン・ガルニエ」カミーユは書類を読み上げた。「アマチュアのサッカー選手で、電気機械技師。日曜大工が得意と評判。便利屋もする……。短期間の失業」

ジャンは傷が目立ちやすい体質のようで、頰のあざが早くも紫に変色しはじめている。カミーユは書類に目を落としてからふたたび上げ、驚いた顔をしてみせた。

「いまだに母親と同居。二十七歳で！」

だがジャンはなんの反応も示さない。

「父親不明……。ジャン、ここを少し説明してくれ」

「父親が不明、つまりぼくが父を知らないってことで、ほかにどんな説明が要るんです？」

「いや、だからそれは戸籍上のことだろう？　こっちが知りたいのはロージーからどんな話を聞いているかだ」

「ぼくを認知したくなかったって。でも、それはその人の自由だから！」

ジャンは無意識に声を上げた。二十七年のあいだ、同じことを何度も自分に言い聞かせてきたに違いない。この決まり文句で事実に蓋をし、どうにか受け入れ、問題を乗り越えようとしてきた。

「その人の自由か」とカミーユは頷いてみせた。「そりゃそうだな」

ヴェルーヴェンを知らない人間は、言葉どおりの意味に受けとったかもしれない。

そしてしばしの沈黙。

「その人は、母と結婚できなかったんです」ジャンが少し落ち着いた声で続けた。

「したかったけど、できなかった。だから外国に行った。そういうこと」

「ガルニエさんと息子さん？　しょっちゅう口論してましたよ」

そう証言したのはガルニエ親子の上の階の住人で、何匹もの猫と暮らしているという疑り深そうな女性だ。多くの隣人が新聞に載りたい一心で嬉々として質問に答えたのとは対照的に、この女性は警察に電話して確認してからでなければドアを開けなかった。しかも女性刑事を玄関に入れようとせず、踊り場で応じるという用心ぶりだった。

「口論の原因をご存じですか？」

「つまらないことでね。それも毎日！　とまではいかなくても、ほんとにしょっちゅうでしたよ。あんまりうるさいから、下に降りていってドアをたたいたことも十回くらいありますけど、絶対に出てきません。それでいて翌朝になると、母親のほうはなにごともなかったかのように仕事に出かけていくんです。息子のほうはもともとあいさつひとつしません。皿は投げるわ、ドアは乱暴に閉めるわ、互いに罵詈《ばり》雑言《ぞうごん》を浴びせるわ、それも夜更けまで！」

そして自分の話に自分でショックを受けたように派手に頷くと、さっさと話を切り上げた。

「とにかく彼女が刑務所に入ってから、ここは静かになりました」

「きみたち親子は」とカミーユは続けた。「互いに我慢がならない関係だった。それなのに七発も爆弾を仕掛けて母親を救おうというのは、それだけでも妙だ。それにきみは、ここに来てから母親に会わせろとさえ言わない。これじゃ誰にも理解できないぞ、ジャン、このままじゃどうにもならない」

「理解する必要なんかありません」ジャンは下を向いたまま言う。「ぼくらを釈放してくれれば、爆弾の場所を言う、それだけです」

そのときジャンがちらりと壁時計に目をやったのを、カミーユは見逃さなかった。

「それで、次の爆発は明日の何時だ？」

ジャンはわざとらしく薄笑いを浮かべた。

「ぼくのことを、ばかだと思ってるんだろうけど、じきに考えを変えざるをえなくなりますよ」

誰もジャン・ガルニエに食事をさせようとせず、彼のほうも要求せず、目の前に置かれた水の瓶とコップにも手をつけなかった。彼はじっとうつむいたままだが、顔はすでに青白く、限界に達しつつあるのがわかる。だが音を上げるつもりはないようだ。

カミーユは母親のロージー・ガルニエの事件簿に目を通した。

二年前に、ジャンは二十三歳のカロル・ヴェンランジェという女性と恋に落ちた。彼女はアルザス出身で、故郷に帰ることを夢見ていた。ジャンはそのカロルとの暮らしを夢見、ふたりで一緒にアルザスに行くと決めた。

「おれにはきみの気持ちがわかる」カミーユは思わずつぶやいた。

写真のカロルは愛らしく、見事な金髪で、目が青く、微笑んでいる。

マリー＝クリスティーヌ・アムルーシュ、四十歳、ロージーの同僚で親友。ロージーが逮捕されたときに証言していて、おそらく法廷でも証言させられるだろう。だがこの話をするのが嫌ではないようで、話を聞きにいった刑事は歓迎された。

「そりゃもう、ロージーは息子のことで不平たらたらでした。いつもなにか問題が起きて、喧嘩になって、それが毎日続くんです。息子が買い物をしてくれなくて、そのくせ彼女がちゃんと欲しいものを買って帰ってやらないと腹を立てるとかって。とにかくなんでもかんでも口論の種になってました。テレビ番組も、汚れた洗濯物も、掃除、外出、お金の使い途《みち》、植木の水やり、家のなかの雑用、吸殻だらけの灰皿……。毎日なにかあって、きりがないんです！　だから何度もこう言ってやりましたよ。そんな状態なら再婚したほうがいいじゃない。夫なら少なくとも稼いでくるからって」

刑事のほうは黙って頷きながら、なんとなく自分の妻の顔を思い浮かべた。

「それに比べてあのジャンは、息子のほうは、働かせようと思ったら、朝起こすところから彼女が全部やらなきゃいけないのよ。だから息子に恋人ができたって聞いたとき、誰もが思いましたよ。うまくいくといいなって。それに彼女自身、息子が結婚してアルザスに行くと言ったとき、とんでもなくうれしそうでしたよ。ほんとに！　まるで自分が結婚を申し込まれたみたいに。ほっとしました……。彼女だけじゃなくて、わたしたち同僚もです。だって、あのふたりののしり合いはエスカレートするばかりで、いずれひどいことになりそうだったし……」

そこで不意に止まった。話がそこまで来るといつも言葉に詰まるらしい。そして刑事の顔を見て、改めて目を丸くして言った。

「だから、あのことを聞いて、みんなどれほど驚いたか！」

「こっちで集めた情報を整理するから」カミーユが取り調べを再開した。「間違いがあったらそこで止めてくれ。きみたち親子は犬猿の仲で、ロージーはなにごとにつけきみに文句を言っていた。ところがひとたびきみを失いそうになり、自分がひとりになると思うと、どうにも耐えられなくなる。実際どういう状態だったのか部外者にはわからないが、想像するに、ロージーは駄々をこね、泣きわめき、騒ぎ立て、おそらくはきみを脅しさえしたんだろう。それでもきみは頑として譲らず、カロルと発つという決意を変えなかった。するとロージーはあきらめたふりをしたが、ひそかに不満を募らせ、そしてある晩、夜勤明けでスーパーから帰宅するカロルを車ではねた。即死だった。きみのカロルは子供時代を過ごしたアルザスに戻りたがっていたが、いまではパンタンの墓地に眠っている。ロージーは車をガレージに隠したまま乗らなくなった。だが一か月後に、運命の巡り合わせか、昼日中に地下で火事があり、住人不在のため消防がいくつかのガレージの鍵をこじ開けたところ、ひき逃げ事件の車が見つかった。以上。これで合ってるか？」

ジャンはホームのベンチで電車を待っているように無反応で、話を聞いているのかどうかもわからない。

「母親が逮捕されたとき、きみも取り調べを受けた。当然だ。ひき逃げに使われた車が家族で借りている鍵つきガレージで見つかったからには、きみが共犯だった可能性もある。だが判事はしつこく追及しなかった。きみはその車を運転したことがなく、車内にきみの指紋はなかった。そもそもきみはカロルと一緒に旅立とうとしていたわけで、殺人に手を貸すはずがない……」

ジャンはまだ無反応だ。

「しかし今日のきみの行動で状況が変わった。きみは母親を釈放させようとしている。もちろんそれはきみが寛容だという証拠で、その意味では有利に働く。そのいっぽうで、過去に遡ってカロルの死に新たな光が当てられることにもなる。責任がきみの肩にのしかかることもありうる。なぜなら、奇妙な展開のせいで、共犯説がふたたび判事の心をとらえるからだ」

ジャンは壁を見て、何度言えばいいんだとうんざりした表情でため息をついた。

「ぼくはあと六発の爆弾を、この国の都市で爆発させようとしてるんだから、それ以外のことはどうだっていいでしょう」

「しかしロージーはきみの恋人を殺したんだぞ！　なぜそんな母親を助けるんだ？」

「不当だからですよ！」ジャンが叫んだ。「母はかっとなってやっただけなんだ！」

そしてはっとした顔で口をつぐむ。一瞬われを忘れ、心の内をわずかでも見せたことを後悔しているようだ。

「だから……母のせいじゃないんです」

またもとのジャンに戻った。だがカミーユはその一瞬で、ジャンの心の奥にあるもの、彼の行動を説明するかもしれないものを垣間見たような気がした。それは怒りだ。カロルを殺しにいった日にロージーを支配していたのと同じ、憤怒と化した怒り。ただジャンの場合、その怒りがその後凍りつき、冷酷で恐ろしいテロ計画を生み出した。そしてジャンは現実と乖離した。そういうことだろうか。

「だったらなおさらだろう」カミーユは静かに言った。「ロージーのせいではないなら……」

ジャンがちょっと首をかしげた。カミーユは辛抱強く説明する。

「ロージーに情状酌量《しゃくりょう》の余地があると思うなら、なぜそのまま司法に任せないんだ？　法廷に委ねればいい。きみが母親のために証言し、精神科医が狂気の発作による犯行だった、責任能力はなかったと述べれば――」

「そうなったら、母は精神病院に入れられて終わりです」

カミーユは自分の椅子を動かしてジャンに近づいた。

「聞いてくれ。最初の爆弾では軽傷者しか出なかったが、そんな幸運がこのあともずっと続くわけじゃない」〝こちらにとっても〟とつけ足したくなったが、我慢した。「いま当局は状況を見極めようとしている。だからきみも希望通りわたしと話をすることが認められているんだが、この場で早々に、いやすぐにでも結果が出なければ、彼らは次の段階へとギアを上げる。その場合、はっきり言っておくが、きみの身柄が委ねられる相手は冗談が通じる連中じゃない」

カミーユはさらに椅子を近づけ、ジャンは打ち明け話でも聞くようにかがみ込んだ。

「嘘じゃない。あいつらはかなりたちが悪いぞ……」

そこまで言ってから、カミーユは椅子ごとうしろに下がった。ジャンはますます青ざめ、下唇がかすかに震えている。

「粘っても無駄だ。誰も、けっして、きみの要求をのむことはない」

だがジャンは、ごくりと喉を鳴らしてからこう言った。

「それはどうだか。じきにわかりますよ……」

二十二時五分

判事の動きは速かった。フルーリ＝メロジ刑務所に勾留されていたロージー・ガルニエ――四十四歳、郵便配達員――が最短手続きで連れ出されてきた。

ロージーは誰も使っていない部屋に入れられ、椅子に座らされた。その部屋にはほかになにもなく、彼女の前に座りたければ自分で椅子を持ってくるしかない。そこでカミーユはそうしたが、椅子というのが鉄製でやけに重いので、運ぶというより引きずることになり、脚がコンクリートの床にこすれて嫌な音をたて、ロージーが顔をしかめた。ようやく運びおえると、カミーユはやおらその上によじ登る。デヴィッド・リンチ作品のあの登場人物のように。

カミーユは膝の上でファイルを開き、まずロージーの写真を見た。去年、勾留直前に撮られたものだ。いま目の前にいる女は写真より二十キロくらいやせているが、優に十歳老けてもいる。顔はげっそりやつれ、目の下に青い隈がある。あまり眠れず、しかもろくに食べていないのだろう。女子刑務所に幻想など抱くのは男だけだ。雑に切られた髪は白髪交じりで、埃にまみれたウィッグかと思ってしまう。ロージー。

事件簿にはその名の由来も記されていた。彼女が生まれた一九六四年にジルベール・ベコーが『ロージーとジョン』という曲をリリースし、ベコーの大ファンだった彼女の父親がそこからとって命名した。ロージーはその話に感動し、同じ曲名からとって息子にジョンと名づけた。

「でも息子はそれが気に入らなくて……いい歌なのに……」記録によれば彼女は判事にそう言っている。

カミーユはいきなり本題に入った。

「息子さんは爆弾を七発仕掛けたと主張しています。最初の一発で十八区のある通りの半分が破壊されました。残りは六発で、それで大勢死ぬことになると予告しています」

だがその言葉をロージーが理解したようには見えなかった。カミーユは手っ取り早い方法をとることにした。つまり相手の逃げ道を封じる。

「こちらがあなたと息子さんの釈放に合意すれば、爆弾を仕掛けた場所を明かすと彼は言っています。しかしそれはできません。あなた方を釈放することはできません。問題外です」

ロージーは爆弾、息子、自分たちの釈放、問題外といった要素をひとつの話にまとめられずにいるようだ。カミーユは理解を助けようと言い添えた。

「このまま行くと、ジャンが手にするのはただひとつ、終身刑だけということになります」

そして椅子の背にもたれた。これで言うべきことは言いましたよと態度で示すためだ。あとはあなたが考えるんですよと。

ロージーは頷いたが、小さくこうつぶやいた。

「あの子は悪い子じゃないの……」

息子がそんな大それたことをしたという話がどうにものみ込めないようだ。カミーユは動かずにじっと待つ。すると一分近く経ってから、ようやくロージーが青ざめ、唇を半開きにして、苦しげな、ほとんど聞きとれない声で「そんな」と言った。

その瞬間を待って、カミーユはふたたび手綱をとった。

「あなたが協力してくれたら、それは法廷でも考慮され、あなたにとっても息子さんにとっても有利になります。とりわけ重要なのは息子さんのほうだ。原付に乗った女性を故意に――たとえ故意であっても――はねることと、パリ市内に複数の爆弾を仕掛けることとは同列には語れません。あなたはひょっとしたら数年で出所できるかもしれないが、ジャンのほうは、もしあと一発でも爆発したら、出所は望めません。二度と出られません。いま二十七歳のジャンは、五十年以上も刑務所生活を送ることになります」

ロージーはじっと聞いている。わかってきたようだ。

カミーユは彼女の精神医学的評価にもすでに目を通していた。ご立派とは言いがたい。ほとんど教育を受けておらず、知的能力に限界があり、判断力も乏しく、衝動に走る傾向があり、情緒的反応に逸脱が見られ、息子との関係だけが心を占めていて……。こうして実物のロージーを観察してみて、カミーユはやはり自分の評価に狂いはないと思った。この女は愚かだ。だが誰に対してであろうとそんな評価を下すのは嫌なもので、居心地が悪くなるし、自分を恥じさえする。

それに、いくらそう評価していても、あるいはひょっとしてと思わずにはいられない。

「爆弾のことですが、あなたは知っていましたか?」

「ジャンはいつだってわたしにはなにも言わないのよ」

ロージーは普段の愚痴のように言った。家庭内の話のように。

「ガルニエさん、いまなにが起きているのかわかっていますか？」

「息子と話せます？」

そこが問題だ。判事は早く会わせるべきだと言っている。だがカミーユは迷っている。

「ジャンに、会えます？」ロージーが何度も言う。「話せます？」

理屈から言えば判事が正しく、この状況ならふたりを対面させるべきだろう。母親は警察側にとってジャンを動かす最強の武器であり、おそらく彼を説得できる唯一の人間だ。

それにもかかわらずカミーユは迷っている。ロージーの口調に違和感を覚えるからだ。なにかがおかしい。それがなんなのかはっきりしないうちは……。

「それはあとで」と答えた。「またあとで」

カミーユはそのあと判事に対して、対面が逆効果になる恐れがあると訴えた。

「母親は刑務所暮らしでかなり疲弊しています。ジャン・ガルニエが恐れていることのひとつは、そういう状態の母親を見ることではないかと思われます。彼は母親の逮捕直後に面会に行っていますが、その後は一度も行っていません。毎週手紙を書くだけで、訪ねていかない。ということは、ロージー・ガルニエのいまの状態を見たら、彼は一刻も早く救い出さなければと思い、態度を硬化させる可能性が高いと思われます」

判事も同意し、もう少し様子を見ることになった。

二十二時十五分

「まだあと六発？　それを毎日ひとつずつ爆発させる、そういうことですか？」

首相の反応は明らかに懐疑的だった。

「そして、母親の釈放を要求？」

「そうです、母親です」

「こちらが要求通りに彼らをオーストラリアに行かせ、爆弾の場所が書かれた絵葉書が来るのを待つと、その男は信じているんですか？　頭がおかしいとしか思えない」

つまり報道管制を敷けということだ。そういう決断でいいのかどうか誰にもわからないが、いずれにせよ、まともな解決法などないのだから同じことかもしれない。「今回の爆発についてなんらかの説明を用意してください」と首相が続けた。「誰もが納得するようなものを。そして声明文を準備するように。頭を使うんです。そうやって時間を稼ぎ、そのあいだに……」とテロ対策班の責任者のほうを向く。「あなたはやるべきことをやってください」

そして出ていこうとするが、最後に振り向いて言った。

「このばかげた騒動をどうにかして止めてもらいたい」

首相が退出すると、官房長官がその指示を勝手に翻訳した。

「ジャン・ガルニエを締め上げるんだ。徹底的に」

テロ対策班の責任者はそれを聞くと立ち上がり、無言で出ていった。

部屋は静まり返った。これはえらいことになると全員が感じている。だが誰もその理由を説明できない。もしかしたら政治上の経験が頭をよぎるからかもしれない。思いもよらない深刻な事態が発生し、しかも展開が急な場合、政治の世界では往々にしてあっという間に悲惨な結果に陥る。

大災害や重大事故が発生した場合の緊急対応については、いくつもの危機対応計画が用意されている。ガルニエが口を割るかどうかを見守るあいだに、ＯＲＳＥＣ計画（災害対策計画）の発動も覚悟しておくべきだと誰もが考えはじめる。連続爆破事件に発展した場合に備え、被害の詳細な予測と分析を行い、関連部隊の動員の準備をしなければ……。

二十二時四十分

証言は次々入ってきていたが、ルイはジャン・ガルニエの過去数週間の行動をたどれずにいた。

「誰とも行き来していません」とコーヒーの自販機の前でカミーユに報告した。「親しくしていたのはサッカー仲間だけですが、数週間前から誰も彼に会っていません。隣人によれば、母親が逮捕されてから彼はアパルトマンを出たり入ったりしていて、近所で買い物しているところを見かけた人もいます。しかしこれといって変わった様子はなかったそうです。そこで数チーム送り込み、買い物やレンタカーの記録を調べさせたんですが、だめでした。ジャンは客としてはまったく目立たない存在のようで、誰の記憶にも残っていません」

クレマンス・クリゼチャンスキーがジャン・ガルニエを爆弾魔と識別してから、ここの誰もが彼の写真を公開して情報を募るべきではないかと思っている。だが報道管制が敷かれているので――それが首相命令ということになっているので――誰も動けない。政府の考えは確認するまでもない。爆弾魔の顔写真など朝刊に出したらそれだけで大パニックになる、以上。

「パニックか、大量殺戮《さつりく》か」とカミーユは言ってみた。「そんな選択を迫られる立場にはなりたくないな」

「もうすぐ彼らが取り調べを始めます。ああいうプロに抵抗できる人間など、そうはいませんよ」

「いや、結局のところなんの役にも立たんだろう。ジャンの考え方は二進法だ。あまりにもむき出しで、わずかな修正の余地もないから妥協のしようがない。あいつにはイエスかノーしかないんだ。これから来る連中でも歯が立たないはずだ。賭けてもいい」

オフィスに戻ったカミーユは、早くこのごたごたから解放されたくて、彼らはまだかと何度も腕時計を見た。

そこへ四人の男がノックもせずに入ってきた。

彼ら、つまりテロ対策班の登場だ。ジャン・ガルニエの取り調べは彼らに引き継がれる。

四人とも見るからに恐ろしい。体つきはもちろん、歩き方も、いかつい顔も、鋭い視線も、無駄のない動きも、なにをとってみても怖そうだ。さすがのジャン・ガルニエもぎょっとした顔で四人を見ている。彼があらゆる事柄を予測して動いてきたのは明らかで、その予測に外れはないように思えたが、どうやらそれもここまでらしい。四人はジャンを立たせ、両手を背中に回して手錠をかけ、頭巾をかぶせ、鎖でつないで拘束した。ほんの数秒の早業だった。大柄なジャンも、この四人に囲まれると十センチ縮んだように見える。

ここからはやり方を変える。それが四人の態度にはっきり表れていた。カミーユは表情を緩めこそしなかったが、内心ではほっとしていた。四人の入室から三十秒もしないうちに、ジャン・ガルニエは部屋から連れ出された。

四人のうちの最後に出ていこうとした大男、テロ対策班班長のペルティィエに、カミーユは声をかけた。角張った顎に、ごま塩の口ひげと、前世紀から来たような風貌の男だ。

「せいぜい楽しんでくれ」

だがペルティエはにやりともしない。経験からくる自信と余裕が全身からにじみ出ていて、ひと言も返さずに部屋を出ていった。

二十三時十五分

カミーユはいったんアンヌのアパルトマンに向かったが、どうしても事件のことが頭から離れず、途中で車を停めて携帯を取り出した。

《長引いてる》とメールを打った。《悪いな。すごく遅い時間ならもしかしたら……それでもかまわないか?》

そしてなにも考えもせずに送信した。アンヌに会いたくないわけではない。いやむしろ会いたい、身を寄せて眠りたい、肌の香りに包まれたい、触れたい。だがなぜか頭がすっきりせず、混乱したままだ。なにかが引っかかっているのだが、それがなんなのかわからない。一瞬、あのテロ対策班の強面《こわもて》連中の姿が頭に浮かんだ。今回のような重大事件の場合、彼らがどこまでやるかについてはあえて誰も考えない。結果さえ出ればいいと誰もが目をつぶる。あいつらはやり方を心得ているんだと自分に言い聞かせる。

しかし……。

そこへアンヌから返信。《遅くなってもいいから、来て》

カミーユは数秒迷った。だが、そのまま嘘をつきつづけることにし、自宅に向かった。

当然のことながらドゥドゥーシュはつむじを曲げていた。カミーユは優しく声をかけてみたが、見向きもしない。毎度のことだ。帰宅が遅いと、ドゥドゥーシュはいつも飼い主の存在を無視する。

疲れきっていたので、カミーユは服のままソファーに寝転んだが、すぐには眠れなかった。嘘までついてアンヌとの約束をすっぽかしたことがわれながら腑に落ちない。行ってもなんの問題もなかったのに、なぜ行かなかったんだ？　いや、問題がないわけでもない。もしアンヌのところに行っていたら、いざというとき動けないかもしれないし……。「おまえはもう担当を外れたんだぞ」と何度自分に言い聞かせてみても、胸のつかえが下りない。仕方がないので起き上がり、ようやく寄ってきたドゥドゥーシュを膝にのせ、鉛筆でスケッチを始めた（彼は始終描いている。家でも職場でも手が勝手に動いてしまうのだが、それが思考の助けにもなり、描くことで頭の整理をする。記憶に留めたものを描きながら、それを咀嚼する。だからいつもあとから理解することになる）。

カミーユの仕事のやり方は、事実と、その事実が彼自身にもたらすものを両輪として進んでいく。といっても自分の勘を過信しているわけではなく、むしろ徹底して疑うほうだが、それでも自分が受けた印象や引っかかりには耳を傾けることにしている。正直なところ、それしかやり方を知らない。

というわけで、カミーユはせっせと手を動かし、画用紙の上にロージーの顔を、そしてジャンの顔を再現していった。母親の顔からは頑固と愚鈍が見てとれるが、息子のほうはもっと複雑だ。こちらも頑固ではあるが、抜け目のなさもある。共通点が〝頑固〟だとして、それがロージーにおいては執念深さに、ジャンにおいては意志になっているということだろうか。ふたりとも一見無害に見えて、じつは油断がならない。

カミーユはふたりの肖像を見比べながら、この親子がいったいどういう関係にあるのか改めて考えてみた。

母親は息子の恋人を殺し、息子は母親を救い出そうと爆弾テロを計画した。この二点だけでもつじつまが合わない。妙な話ではないか。いやいや、「おまえはもう担当を外れたんだぞ」。そう、幸いなことに。

だがジャン・ガルニエにとっては幸いどころかその逆で、いまごろひどい目にあっているだろう。そう思ったらデッサンの手が止まった。カミーユもテロ対策班の尋問方法についてはあまり知らないが、ちょっと考えただけでも背筋が凍る。誰も口に出しては言わないが、パリで連続爆破を計画するようなやつにはテロ対策班も容赦しないはずだと、想像をたくましくしているだろう。水に漬けるとか、水を大量に飲ませるとか、襟首をつかんで壁にぶつけるとか、狭いところに閉じ込めるとか、大音量でハードロックをかけつづけるとか……。しかし、ほんとうにそんなことをするのだろうか?

いや、別のことを考えよう、視点を変えよう。それもカミーユの得意技のひとつだ。捜査とは結局現実をどう照らすかという問題だから、逆の方向からも光を当てるべきだと常に思っている。そこでロージーの事件簿にあった写真を思い出し、紙の上に再現していった。車にはねられた若い女性、カロル。強い照明でてらてら光る血溜まりのせいか、つややかな髪の〝天使の輪〟があまりにも痛々しい。少女のような髪。若い娘の輝ける金髪は、その娘が死んでいるとなると、なによりも耐えがたいものになる。続いて紙の上に表れるのは、ぞっとするようなうなじの傷。やがてカミーユは疲労にのみ込まれ、服を着たまま、身を丸めたドゥドゥーシュを腹にのせたまま、眠りに落ちた。

電話が鳴ったのは朝の四時ごろで、カミーユはそのときようやく、自分がアンヌのところに行かなかった理由と、ベッドに入って眠らなかった理由に思い至った。今回も直感は彼を裏切らなかった。

立ち上がろうとしたが、ドゥドゥーシュはがんとして動かず、そっと横に押しやったら不満そうに鳴いた。疲労が骨の髄まで染み込んでいる。だがえいやと立ち上がり、片手を受話器に伸ばした。

と同時に、もう片方の手で早くもシャツのボタンを外しはじめる。超特急でシャワーを浴びることになるだろうから。

思ったとおり、かけてきたのは判事で、すぐに来てくださいと言われた。ジャン・ガルニエがテロ対策班に対して口を閉ざし、またしてもヴェルーヴェンとしか話さないと言い張っているらしい。それにしても、なぜいまさらジャンの要求をのむのかと訊くと、判事はこう答えた。

「緊急事態だからです。ガルニエは次の爆弾を九時に爆発するように仕掛けたと言っています。あと五時間もありません」

カミーユは判事との電話を切るなりルイをたたき起こし、すぐに着替えて出てこいと命じた。片腕にはそばにいてもらわなくてはならない。

「しかし班長」とルイが口をはさむ。「今日また爆発があるというのは新しい情報じゃありませんよね。ガルニエは最初からそう言ってたじゃないですか。一日に一発と」

「ああ。だがな、テロ対策班のお優しい面々がなにをどうやったか知らんが、ガルニエはひと言だけ新しい情報を出したんだ。そのあとまた貝のように口を閉じ、それ以上はおれにしか話さないと言っている。交渉の余地はないと」

「次の爆弾の場所でも明かしたんですか？」

「そうだ。だからおれたちが呼ばれた。ガルニエは学校に仕掛けたと言っている」

二日目

四時五十五分

ペルティエは腕組みをし、下唇を突き出して座っていた。テロ対策班班長にとって、ガルニエ事件から外されることは屈辱以外のなにものでもないらしい。カミーユが部屋に入るとペルティエはすぐに立ち上がったが、カミーユをできるだけ高いところから見下ろそうというのかやけに背筋を伸ばし、爪先立ちにでもなりそうだった。だが相手がそういう態度をとるのは珍しいことではなく、カミーユは五十年前から経験している。いまだに不快に感じるが、その程度で食ってかかることはないし、いまは疲れすぎていてやり合う元気もない。そもそも警察内部で張り合うなど、陳腐すぎて滑稽《こっけい》だとカミーユは思っている。それでも一応、相手を見返してやった。もちろん下から見上げる格好で。ペルティエの目はいろんなことを叫んでいて、声が聞こえてきそうなほどだ。たとえば、「テロ対策班ってのはただの部署名じゃなくて、使命なんだ」とか、「おれたちはただの警官じゃなくて、プロだ」とか、「おれたちがやれなかったことは、ほかの誰にもできない」とかなんとか。

カミーユは心から同情した。彼自身、これまで何度も担当していた事件から外されたり、外すぞと脅されたことがあるから、気持ちはよくわかる。

だがその場には別の人物もいたので、長々とにらみ合ってもいられなかった。それは〝例の大物〟とでも呼ぶべき内務省の若手幹部で、ペルティィエが敵意を振りまいているとすれば、その人物は自信と、大臣官房の奥ゆかしさを漂わせている。朝五時だというのに潑剌《はつらつ》として、まぶしいほど若々しく、まだ三十代前半なのに権威ある地位にある。その前提として想像できる家柄、素質、意志、能力、野心、運などがすべて相まって、相手の思考を奪い、意のままに従わせてしまうというタイプだ。頭のてっぺんからつま先まで、つまりヘアスタイル、スーツ、靴、物腰、腕時計、咳払いさえもが、高級官僚のイメージ形成に一役買っている。カミーユは目を伏せ、ペルティィエのほうがましだと思いながらその人物の乾いた手を握った。ペルティィエは怒りだの苛立ちだのをあらわにする分、少なくとも人間的だ。

カミーユが人物評価をそこまで終えたとき、ルイが入ってきた。

すると突然、舞台転換が起き、部屋の空気ががらりと変わった。ガルニエの砲弾がジョゼフ＝メルラン通りで爆発したときもこんな感じだったのかもしれない。ペルティエに変化はなかったが、〝例の大物〟のほうは一瞬で顔色を失い、みるみる背が縮んでいき、そのままいけばカミーユと同じくらいになりそうだった。そしてもごもご言いながらルイに近づき、ふたりは軽い抱擁を交わした。ルイは静かに微笑み、カミーユに言った。

「一緒に国立行政学院《ENA》の試験を受けたんです」

カミーユがあとで聞いた話によると、ルイは同期入学生のトップだったが、〝例の大物〟はいつも落第ぎりぎりだったという。彼はその後出世の階段を駆け上ったにもかかわらず、当時の劣等感をまだ引きずっているようだ。ルイは彼のほうに軽く頭を下げて発言を促した。さあ、きみの番だから、どうぞと。

さて、と〝例の大物〟が口を開いた。テロ対策班は最善を尽くしましたが（そう言いながらペルティエのほうを見ようともしない。敗者に用はないらしい）……しかしなにより現実的な対処が求められますし、首相も……またこのような戦略が……政府にとって微妙な時期でもあり……。カミーユはすぐにうんざりし、最後まで待たずにぼそりと言った。

「わかりました」

そしてさっさと踵《きびす》を返して部屋を出ると、廊下を突き進んで取調室のドアを開けた。ほかの面々は一瞬驚いて遅れをとったものの、すぐにカミーユを追いかけ、と思ったら次々と追突した。カミーユが取調室の入り口で不意に足を止めたからだ。

それほどジャン・ガルニエはひどいありさまだった。

ひと目で〝プロ〟に料理されたとわかる。

カミーユは言葉を探した。ぼろぼろ？　グロッキー？　憔悴《しょうすい》？　麻痺？　その全部だ。そしてもちろん傷だらけで、あちこちが紫色に腫れ上がっている。顔しか見えていないが、それ以外も推して知るべしだった。

だがそれ以上に、なにかがおかしかった。

なんだ？

これと指し示すことができない。

ジャンがかすかに浮かべている笑みだろうか。いや、それは理解できなくもない。彼は勝ったのだから。ヴェルーヴェンを出せと言い、こうしてヴェルーヴェンを獲得し、テロ対策班を退散させたのだから。だがそれにしてもこの笑み……こんな状態での笑みは……。

いた。カミーユは後ろ手にドアを勢いよく閉めると、ジャンに歩み寄って机に両手をつ

「回りくどい話はなしだ」と始めた。「きみには話すべきことがあり、そのためにわたしを呼んだ。だからこうして来てやったんだ、話を聞くためにな。砲弾ひとつにつき一秒ってことで、七秒やる。七秒過ぎたらわたしはここを出て、きみをまた同僚に引き渡し、家に帰って寝る。一、二、三」

カミーユはさっさと数える。

「四、五」

立ち上がる。

「六」

机を離れようとする。

「次の爆弾は学校のなかです」とジャンが言った。

ひどく衰弱しているのに、声はしっかりしている。

「今日の朝九時に爆発します」

そう言われると、残り四時間でやるべき膨大な作業が改めて頭に浮かんでしまい、カミーユは慌てて追い払った。

「それはスクープとは言えないな。もうわかっていたことだ。わたしが聞きにきたのは新しい情報だ。それも確かなもの。それが聞けないなら、さっきのあの〝決死隊〟に君を返して――」

ジャンが遮った。

「仕掛けたのは幼稚園です」

カミーユは机で身を支えたが、一瞬部屋がぐらりと揺れた気がした。

「そりゃいったい、どこだ！　どこの幼稚園だ！」

ジャンはさあねと両手を広げてみせる。

カミーユは動揺し、幼稚園児ってのは何歳だろうと考えた。二歳？　三歳？　四歳？　子供をもったことがないのでぴんとこない。幼稚園……。どうかしている。パリには三百以上ある！　園児が吹き飛ばされると思っただけで吐き気がこみ上げる。なぜそんなことができるんだ？　ジャンはじっと床を見ている。自分と、母親と、警察に突きつけた要求のことしか頭にないらしい。世界が破滅しようと、百人の園児が死のうとかまわないのか？　オーストラリアへのチケットとそれが釣り合うとでも？　正直なところ、カミーユはこいつを殺したいと思った。説得を試みても、こいつが応じる可能性はない。ジャンは頑固だし、心を閉ざしている。カミーユはこれまでの取り調べであらゆる手を使い、脅したり、恐怖心をあおったり、情に訴えたり、心を揺さぶってみたり、結託を試みたりしたし、最後はテロ対策班の暴力に委ねさえした。だがなんの効果もなかった。

「こっちの要求はもう言いました」ジャンが続けた。「あとはあなた次第です。あなたはまだ決められないみたいだけど、これ以上、どんな判断材料が要るのか、ぼくにはわからないし……」

そして残念そうに首を軽く振ってから、こう続けた。

「で、またぼくが必要になりそうなら、とりあえず少し眠らせてくれないと」

手錠の鎖が短すぎて、腕を枕にすることができないので、ジャンは身をかがめて右の頰を直接テーブルに載せ、目を閉じた。

すぐに呼吸が深くなった。

ジャンは眠りに落ちた。

五時二十五分

何人もの警察官や専門家、技術者がベッドから引きずり出され、駆けつけた迎えの車に乗せられ、オートバイの先導でそれぞれの職場まで運ばれた。彼らは大慌てであちこちスイッチを入れ、パソコンを立ち上げ、それからあらゆるデータを駆使して作業を始めた。だがいくら急いでも時間がかかる。すべてにとんでもない時間がかかる。

半年遡っただけでも、パリ市内のほぼすべての幼稚園でなんらかの工事が行われていることがわかった。幼稚園が休みのときに作業するしかないので、冬休みか春休みにどこでもひとつくらいは工事が入るらしい。しかも今回は、園内だけでなく、隣接する道路、駐車場等々の工事も考慮に入れなければならない。となると、どこから調べるかの優先順位が重要になるが、見極めがむずかしい。ガルニエが人に見られずに、砲弾の大きさのものを埋められた場所が対象となるので、工事が数日にわたったこと、十分な開口部があったことなどが絞り込みの条件になる。こっちは電気工事、あっちは給排水設備交換といろいろだが、とにかく図面を広げ、専門家に訊きながら絞っていく。一心不乱に調べる専門家は、「爆弾を埋められますか？どうなんです？」と質問攻めにされ、その緊迫感たるやすさまじく、耐えきれずにヒステリーの発作を起こす者も出た。

「おれに訊かれたって、わかるわけないだろ！」

自分の判断で人が死ぬかもしれないという不安は耐えがたい。その専門家は自宅に連れ戻され、代わりに助手が呼ばれた。質問攻めにされたのは十五人ほどの専門家で、道路管理、配管工事、土地造成、屋根工事など、それぞれ分野が異なる。

「そこに爆弾を仕掛けられますか？　どうなんです？」

いまのところ、園内あるいはすぐ近くで、過去八か月に工事用の穴が掘られたという幼稚園は見つかっていない。

かといって工事という条件を外し、ただ砲弾を隠せる場所となったら、下水渠、地下室、地階、駐車場など、それこそ範囲が広すぎて探しようがない。

「おまえの言う幼稚園だがな、ジャン、見つからないぞ」

カミーユがそう言うとジャンは壁時計を見た。

「時間の問題です。見つかりますよ、きっと」

それはまんざら嘘でもない。

なぜならその十五分後に、パリの隅のほうの警視庁の分室でひとりの警官が受話器に飛びつき、拳で机をたたきながら相手が出るのをいまかいまかと待ち、ようやく出たところでこう叫ぶからだ。

「やりました！　見つけました！」

情報を受けたカミーユはすぐさま取調室に急ぎ、ドアを力まかせに開けてジャン・ガルニエに走り寄り、肩をつかんだ。ガルニエは怯えて顔を守ろうとしたが、両手が机につながれたままでだめだった。

「シャルル＝フレクールか？」カミーユが叫ぶ。「そうなのか？　フレクール、十四区の？」

手分けして資料をしらみつぶしにしているが、いまのところそこしか見つからない。フィリベール＝ボーリュー通りのシャルル＝フレクール園。そこなら条件が当てはまる。三か月前に、この幼稚園の運動場の端のほうが突然陥没し、驚いた園長が区役所に電話し、区役所が測量士に電話し、測量士が請負業者に電話した。園児の保護者たちは隕石が落ちたような穴を見て騒ぎ、さっそく子供が近づかないように柵が置かれ、その後配管の漏れが見つかり、それが土を浸食していたことがわかり、四日後、週末を利用して穴が広げられ、配管に沿って溝が掘られた。修復作業には結局一週間近くかかり、そのあいだ園児たちは柵にかじりつき、二十メートル先で作業員たちが働くところを見物していたという。

だがジャン・ガルニエはうんともすんとも言わない。ただカミーユをじっと見て、それから目を伏せた。

五時四十分

時間がないので、今回ばかりはなりふりかまっていられない。近隣住民や記者たちへの説明も後回しだ。とにかく現場で爆弾を見つけて起爆装置を切り離すのが先なので、誰もが腕時計を見ながら幼稚園へと走った。警察がフィリベール＝ボーリュー通り一帯を包囲し、消防も続々と到着し、続いて作業員たちもやってくる。市民防衛・安全局の爆発物処理員たちはすでに地中探査を始めている。

バザンは幼稚園の図面を地面に広げ、カミーユと電話で話しながら周囲に指示を飛ばしている。

だがバザンはどうも違うなと言った。

カミーユはそれを聞いて面食らう。

「違うって、どういうことだ？」

六時二十分

「陥没の修復が行われた箇所を掘り返しましたが」カミーユは判事に報告した。

「やはり違うと確認するだけに終わりました。溝があまりにも狭く、ガルニエがそこに下りて身を隠し、あの大きさの砲弾を埋めることはできません」

しかも癪《しやく》に障ることに、ジャン自身がいまごろになってそう言った。

「時間をくれなかったじゃないですか。言おうと思ってたのに」

またしても殺してやりたいと思った。

これをきっかけに、判事はやはり母親と会わせるしかないと言いだし、カミーユももう反対できなかった。

ロージーは昨夜よりさらに緊張しているようだった。げっそりやつれた顔が不安でゆがんでいる。カミーユは改めてこの女を観察しながら、何度考えたかわからない問題をもう一度考えてみた。ジャンの恋人の死と一連の爆破計画にはどんなつながりがあるのか。

母親と息子のあいだにどんな秘密があるんだ？

その答えを見つけるには、ふたりを対面させるしかないんじゃないか？　だが、爆破予告時間まで三時間を切っているというのに、どうも気乗りがしない。井戸の縁に立っていて、さあ飛び込めと言われたような心境だ。だとしても、もはやほかに手がない。カミーユは意に反して飛び込むと決めた。

「ガルニエさん、息子さんは幼稚園を爆破すると言っているんです。どういうことかわかりますね？」

さらに説明する。爆弾の場所が特定できても、もはや無力化する時間がないことを。

ロージーは黙っている。

「しかし、まだ避難させることはできます。わかりますね？　それができなければ何十人も園児たちが爆発に巻き込まれる……」

ロージーが頷いた。わかっているようだ。

「だからそれがどこの幼稚園かを知る必要があるんです。大至急！」

ロージーはいまにも泣き出しそうになっていて、それを必死にこらえようと深呼吸した。ふたりはドアの前まで来ている。

「ここなの？」と彼女が訊く。

カミーユはドアを開けた。母親を見たとたん、ジャンは下を向いた。彼を監視していた警官たちがうしろに下がり、カミーユはロージーの肘を支え、椅子まで連れていって座らせた。マジックミラーの向こうの監視室には、取調室を映し出すモニターも複数用意され、三十人もの関係者が息をひそめて成り行きを見守っている。

ロージーは息子をじっと見ている。息子のほうはというと、母親の頭上の壁を凝視している。ロージーがまずゆっくりと手を机にのせ、そのまま前方へ伸ばしていった。小さくて生白い、生気のない生きもののようなふたつの手が、手錠をかけられたジャンの手を求め、冷たい鉄の机の上を這っていく。そしてロージーが上半身を机にぴたりとつけ、それ以上腕を伸ばせなくなったところで、手の前進はようやく止まった。頰を机に張りつけ、両腕を限界まで伸ばしても、彼女の手と息子の手のあいだには二十センチの距離がある。見ている人間には耐えがたい光景だが、それは沈黙と、刻々と減っていく残り時間のせいでもあるだろう。

ロージーのすすり泣きだけが聞こえてくる。

ジャンは背筋を伸ばしたまま動かない。顔が真っ青で、母親と目を合わせようとせず、ロボトミー手術でも受けたように壁の一点だけを凝視している。だがよく見ると、ある種の犬がやるように震えている。犬の場合はそうした震えが正常なのか異常なのかわからないが、ジャンの場合は明らかに異常で、トランス状態に陥ったかのようだ。そしてカミーユは、涙が二粒だけ、ジャンの頰を流れ落ちるのをたしかに見た。それが唯一、ジャンの強い感情の表れであり、底知れぬ孤独を思わせるものだった。

机に頰を張りつけたままのロージーと、身をこわばらせたままのジャン。その状態がこのまま何時間も、何日も続きそうに思える。

カミーユは腕時計を見たかったが、いま目の前でなにかしら異常なことが起きているという印象をぬぐえず、ふたりから目を離すことができない。

というのも、ロージーの表情が悲しげではないからだ。彼女はぎゅっと目をつむるが、つらいからではない。ではなんだ？　思いがけず息子と再会できたから？　出口の見えないテロ事件に、いつの間にか息子と一緒に巻き込まれていたから？　カミーユはロージーの表情をよくよく見た。すると、奇妙なことに、子供時代のロージーが顔を出して微笑んでいるように思えた。

その瞬間、カミーユは理解した。

それが悲しみでも不安でも安堵でもなく、勝利の微笑みだということを。

現に、ようやく顔を上げたロージーは、両腕を伸ばしたまま、涙を拭こうともせず、壁の一点を凝視している息子を見つめ、ゆっくりとささやいた。

「わたしを見捨てたりしないって信じてた」

その声は低く、太い。

「うまくいくから、絶対に……」

これでは逆効果だと気づくやいなや、カミーユは前に出た。するとロージーが声を張り上げる。

「愛してるの、わかってるでしょ！」

カミーユが飛びかかり、両肩をつかんだが、ロージーは机にしがみついて叫びつづける。

「あなたしかいないの、ジャン、見捨てないで！」

カミーユは力任せにロージーを引きはがそうとしたが、そのとき聞こえてきた笑い声で背筋が凍った。ロージー・ガルニエの笑い声。明らかに狂人の、常軌を逸した高笑い。

「やっぱり迎えに来てくれたんだ、ジャン！　こうなるって思ってた！」

その場の全員が恐怖にとらわれ、一瞬身動きできなかった。

まっさきに監視室を飛び出したのはルイだ。そして警官を三人連れて取調室に飛び込んできて、いっせいにロージーに飛びかかった。だが彼女のほうも必死で机にしがみつき、わめきまくり（ジャン！　見捨てないで！）、ようやく机から手を離したと思ったら、すぐ椅子の肘掛けをつかみ（見捨てないで！）、なかなか連れ出すことができない。嗚咽《おえつ》で息を切らせながらも（警察なんかなにもできやしないから、だいじょうぶ！）、ロージーは椅子を離さず、とうとう警官たちはそのままドアのほうへと彼女を引きずっていき、すると今度はドア枠にしがみついたので、その指を一本ずつはがさなければならず、そのあいだに叫びは音量を増して絶叫になり、見るに堪えない惨状となった。

だがジャンは壁を凝視したままだ。

彼は微動だにせず、どういう心境なのかまったくわからない。

七時、

ファリダは愛すべき女性で、周囲も彼女を好いている。だがあきれるほど集中力が欠如していて、その点がどうにも……。こっちでなにか始めたと思ったら、そこを終えずにほかへ移り、それも途中で投げ出して次へ移りといった調子で、彼女がいまなにをしようとしているのか誰にもわからない。仕事を始めるのはいつも七時で、時間だけは守れるので、その点は問題ない。だがせっかく時間どおりに出てきても、そこからの行動は予測不能だ。幼稚園側はまず保育室の準備をしてほしいと百回くらい言ったが、ファリダはそうせず、いきなりコーヒーポットを磨きはじめ、と思ったら園長室のはたきがけ、職員室の床掃除、廊下の掃除、窓拭きと、わけのわからない順序でいろんなことに手をつけ、どれも終わらない。そんなわけだから、教員や園児たちがやってくるころになっても肝心の準備ができておらず、ファリダは大慌てで駆けずりまわることになる。そして翌朝も同じことの繰り返し。ガリヴィエ園長は何十回も注意したが、どうにもならない。どうやらもって生まれた精神構造の問題で、ファリダはファリダのまま変わりようがないようだ。園長もとうとう音を上げ、先週、市役所に交代要員を申請し、ファリダにもそのことを告げた。ファリダのほうも恨みがましいことは言わず、市立体育館に異動になるのは仕方がないと思いますと返事した。といってもファリダは体育館が好きではない。ワックスのにおいが苦手だし、タイル張りのシャワールームも嫌だ。しかし……。この時点ではファリダも誰もまだ知らなかったが、たとえ園長が異動を申請しなかったとしても、彼女は体育館に異動するしかなくなる。なぜなら、あと何時間かで掃除すべきところがなくなるから。つまり幼稚園がなくなるからだ。跡形もなく。それを知る人がいたとしたら、ファリダが小さいテーブルや、園児たちが手を洗う小さい水飲み場や、七人の小人のためにつくられたような小さいトイレを磨いてまわる様子など、とても見ていられなかっただろう。そのすべてが消えてしまうのだと思うと見るに忍びない。

百四十ミリの砲弾は、各教室へ通じる廊下の真下、一メートル足らずのところに置かれている。そこは使われていない地下室で、誰も下りていかない。天井が低いうえに、しょっちゅう浸水するのでなにも保管できないからだ。やれることはすべてやったが効果がなく、年がら年中十センチから三十センチの水が溜まる。十年ほど前に、ジャンが電気技師の職業適格証取得を目指していたとき、ある企業の実地研修を受けたのだが、その企業がここの仕事を請け負っていた。だから彼は何度もこの地下室に下りたことがある。その後その企業は倒産したし、ジャンも電気技師の試験に通らず、専門を電気機械技師に変更したが、この幼稚園のことはよく覚えていた。久しぶりにここへ来たとき、やはり水が溜まっていたものの、以前置かれていたコンクリートブロックと厚板の台座のようなものがそのまま残っていたので、ジャンは砲弾をその上に載せた。台座の分だけ砲弾の位置が高くなって上の廊下に近くなり、爆発の威力を遮るものがないからかえって都合がいい。園児たちが集まるのは毎朝八時十五分。ガリヴィエ園長は時間に厳しいので、みんな遅刻しない。爆弾は九時にセットした。

七時十五分

前代未聞の大仕事に打って出るしかないだろうということになった。ほかになんの策も見つからない。いや、もちろんその決断に至る前に、大統領執務室では（三人の大臣、総合参謀総長、市民防衛・安全局幹部、警察幹部等々が大統領を囲んで）こっそりと、かつ遠回しに、ジャン・ガルニエに自白を強要する残酷な方法がいくつか提案された。

例によって向精神薬や自白薬といった娯楽小説でおなじみの奥の手も顔を出したが、今回もまた、それは現実的ではないとして専門家が次のような説明を始めた。こうした薬を投与した場合の被験者の反応はあまりにも多様でして、しかも現実と想像が入り混じるために、発言内容を確認しているうちに爆破予告時間になってしまいますし……。

大統領は最後まで言わせず、早々にそうした選択肢を切り捨てた。大統領は現実主義者なので、口外できないような手段でも必要とあれば躊躇《ちゅうちょ》しない。だが今回の場合、自白強要などすでに手遅れだ。

「向こうの強みはなんといっても時間です」とひとりが発言する。「七発用意しておいて、一発目が爆発したところで自首し、一日一発で続けると脅す。よく練られた手です。二発目までの限られた時間のなかで、捜査当局はできるかぎりのことをしました。しかし……」

大統領はこれも最後まで言わせない。

「わかっている」

大統領がほんとうのところなにを考えているのか誰にもわからなかったが、決断までにそう時間はかからなかった。なぜならこの事件の影響は、ガルニエが爆弾を仕掛けた建物だの場所だのにとどまらず、政治にも、この国のトップにも及ぶからだ。この規模の事件で犠牲者が出たら、行政が無傷のままということはまずありえない。

だが幸いなことにまだ犠牲者は出ていない。

大統領は内務大臣の報告書を読み返す。それにしても不快な内容だ。こうした事態に対して国がここまで無防備だったとは！

よし、これだな……。報告書を見ながら大統領が頷く。ORSEC計画、そう、まずは安全策だ。基本に返るしかない。

決断しなければならない。

七時十六分、大統領は避難命令を出すことに決めた。パリ市内の幼稚園からの避難だ。

すべての幼稚園。

三百四十九園。四万五千人の園児。

いったん命令を出せば、組織という機械がすぐに動きだす。指示書を作成する人々、廊下を急ぐ足音、ざわめきがあちこちに広がり、電話が次々と鳴り、オフィスからオフィスへと声が飛び交うだろう。やるべきことは山ほどある。避難先に受け入れを要請し、幼稚園周辺の安全を確保し、必要車両を手配し、人員を確保して配備する。それも何百という人数が必要だ。ただ幼稚園への立ち入りを禁じればいいのではなく、園児たちをグループにまとめ、体育館や公民館に移動させ、物資の供給手配や救護所の準備もしなければならない。どうしたって大人数が必要で、しかもそれを二時間弱で！　およそ無理な話に聞こえるが、それでも大統領が導火線に火をつければ、数分ですべての関連部署が全力疾走を始めるはずだ。そして彼らにはやってのけるだけの力がある。

だがその前に、避難活動より緊急の課題がある。広報だ。今朝、パリ市民は戦時中のような目覚めを迎えることになるだろう。消防のトラックや軍の救助隊が首都を縦横に走る音で飛び起きるだろうから。そして政府は、子供たちが危険にさらされていると市民に知らせなければならない……。その後の反応はわざわざ考えるまでもない。野党が怒りの熱弁をふるい、説明を要求し、議会を掌握する。「なんです、たったひとりの男の脅しに屈して国全体が窮地に陥った？　そんなばかな！」大統領も以前なら、まだ野党の立場だったときなら、この状況を歓迎しただろう。「政府はこの国の子供たちの安全も守れないんですか」「たったひとりのテロリストに屈する政府なんか要りませんよ！」「恥を知れ！」。新聞にも《いまの政府は無能なうえに腰抜け》といった文字が躍るに違いない。大統領も以前はこうした言い回しが大好きだった。自分がそれを口にできたころは。

だがいまは彼自身が大統領であり、責められる側にいる。

彼は報道担当補佐官に相談し、大臣たちの意見を聞き、自分の立場を考える。その結果、まずは首相に話をさせ、自分の出番はもう少しあとにとっておくと決める。

だがそこまで来たところで、すべてが白紙撤回された。

ORSEC計画はなし。クライシス・コミュニケーションも、首相声明もなし。警視庁のカミーユ・ヴェルーヴェンからの緊急連絡が光速でエリゼー宮に達したことによって、すべて取り消しとなった。

その四分前のこと、ガルニエがようやく口を開いた。疲れはて、血の気の失せたガルニエが、カミーユが身をかがめなければ聞きとれないほどか細い声でつぶやいた。テロ対策班の尋問でぼろぼろになったところに、母親との対面でとどめを刺され、限界に達したようだ。

「次の爆弾は……」

カミーユはさらに身をかがめたが、その先が聞きとれず、あまりの歯がゆさに胃がよじれた。中世の拷問官もようやく容疑者が吐いたのに聞きとれないとき、こんな思いをしただろう。ちょうどそのときポケットのなかで携帯が震えた。カミーユは思わず「くそっ」と言って無理やり体をひねり、ジャンの口元から耳を離すまいとしながら携帯を取り出した。アンヌからのメール。《ひとりの夜って……すごく切ない》おいおい、こんなときに！

「え、なんだって？」ジャンがまたなにか言ったので、カミーユは慌てて訊いた。

ジャンはカミーユの耳元でもう一度つぶやいた。

「……だから、ぼくはいいやつなんで」

カミーユはあきれ返って思わず一歩下がった。

「きみが、いいやつ？　どこをどうしたらそういうことになるんだ」

ジャンの上半身が椅子の上でぐらついた。いまにも倒れそうだ。カミーユはふたたび身をかがめる。

「探すなよ」とジャンがささやく。「幼稚園……」

今度こそ新しい情報か？　カミーユは返事を打たずに携帯をポケットに押し込んだ。ここまで虚勢を張ってきたジャンが、とうとう過酷な現実を受け入れようとしていると思うと、腹の底から安堵感がわいてきて、全身に行きわたる気がした。

「そうなのか？　爆弾はないってことか？」

カミーユはジャンのうなじをつかんで確かめようとした。

「いや、幼稚園にあるけど……」ジャンがもごもご言う。「パリじゃない」

というわけで、ＯＲＳＥＣ計画も、避難も、なにもかもストップ。状況を見直すしかない。

爆弾は地方の幼稚園に仕掛けられている。

最悪の事態だ。

「わが国には幼稚園が一万六千園あります」と内務大臣が報告する。「園児数は二百万に上り、避難などもはや問題外です」

なにか打つ手がないかとあらゆる角度から検討が重ねられたが、どれも全国規模の大パニックを引き起こすだけだ。国中の幼稚園長にこんなことを伝えたらどうなるだろうか。「頭のいかれた男がどこかの幼稚園に爆弾を仕掛けました。もしかしたらあなたのところかもしれません。もう爆弾を処理する時間がないので、園児はもちろん職員の方々も全員、可及的速やかに幼稚園を出て、避難してください」

大統領に負けず劣らず現実的な内務大臣はこうも言った。

「両親、祖父母、近親者など、抗議してくる可能性がある成人は三百万人を超えるでしょう」

そしてもちろん、パニックは保護者以外にも広がる。政府はマスコミに説明する必要に迫られ、早々に全体像を明かさざるをえなくなるのだから。つまりこれはまだ始まりで、ほかにも五発仕掛けられていて、いずれも場所がわかっていないのだと。

パリ市内のときと同じように、全国の幼稚園の工事歴を洗う手はあるが、これまた現実的ではない。フランス中をしらみつぶしに調べるとなると何か月もかかるだろう。

そもそも、ガルニエがほんとうのことを言っていると誰が断言できる？　こうなると道はひとつしかない。このまま九時になるのを待つこと。

思っただけで吐き気がする。

警官も政治家も専門家も、事情を知る全員が脱力状態で椅子にもたれ、現代民主主義の脆さについてしばし考え込んだ。

カミーユはバザンが言っていたことを思い出した。

「テロといえば、高度な技術を要すると思う人が多いが、じつはそうでもなくてね」

八時十五分

リュカ、テオ、カリジャ、クロエ、オセアン、ほかにも何人かの子供たちが、手をつないで運動場の奥のほうに向かっていく。ガリヴィエ園長は頑固なので、市が必要なものを発注してくれるまで何週間も、いや、何か月も粘った。子供たちのためにちょっとした畑をつくりたいと思っただけなのだが、なんと、一トンの土とわずかな石材のために何度も頭を下げ、ごまをすり、泣きつかなければならなかった。だがとうとう要求が通り、数か月前にかわいらしい野菜畑ができた。いまでは園児たちがトマトやインゲンマメや花を育てていて、みんな夢中になっている。園長自身もそうで、実家が農家だったので懐かしくもあり、大いに楽しんでいる。

子供たちは四歳だ。といっても平均すればの話で、たとえばマキシムは三歳だし、サラはもうすぐ五歳になる。

この幼稚園には六クラスある。

園児は全部で百三十四人だが、いちばん心配すべきは園長自らが見ている二十二人で、なぜならこのクラスの教室はジャンが爆弾を置いた場所にいちばん近い。ほかの教室が安全だということではないが、被害が出るのはまずガリヴィエ先生のクラスということになる。

それどころか、この教室はほんの一、二秒で消え失せるに違いない。室内から上に向けて大砲を撃ったかのように、屋根が吹っ飛ぶだろう。支持壁が爆風で外れ、つなぎとめるものもなく、屋根全体が大きな黒い鳥のように舞い上がる。そしてほんの一瞬、運動場の上空で止まってから、菜園に落下する。

すぐに火災が発生し、一時間もしないうちに建物全体が煙となって消えていくだろう。

ジャンは九時に爆発するようにセットした。彼の視点からすればよく考えられた選択で、その時間にはほかのクラスは全員教室にいるが、ガリヴィエ先生のクラスだけは野菜畑にいる。

八時半

カミーユはジャンの姿を見つめたまま、恨み言をいおうか、怒りをぶつけようか、それとも殴ってやろうかと考えたが、どれも無駄だとわかっていた。この男は休みもなく取り調べを受けつづけ、へとへとになっている。だがこの先も肝心なことはなにも言わず、抵抗しつづけるだろう。カミーユにはそれがわかる。テロ対策班の尋問に耐えたところで、ジャンはすでに最大の仕事を終えたようなものだ。

ジャン・ガルニエについては、心理分析官もありきたりの文言でページを埋めるしかなかった。カミーユは報告書にざっと目を通したが、そこに書かれたジャンの人物像は、ほかの捜査資料とわずかばかりの取り調べの成果からひねり出したものにすぎない。なにしろ分析官から質問を受けた一時間のあいだ、ジャンはひと言も口を利かなかったのだ。《不安に苛まれ、内向的で、感情抑制力が高く……》やれやれ、ずいぶん成果が上がったもんだと、カミーユは頭を抱えた。

母親を前にしたとき、ジャンは異常なほど緊張していた。

だがカミーユを前にすると緊張が緩む。まなざしさえ少し穏やかになる。これはずいぶんおかしな話ではないか。ジャンは取調室で恐ろしい目にあった。普通ならとっくに降参していてもおかしくない状況に追い込まれた。だがひょっとすると、彼がこれまでの人生で置かれていた状況に比べたら、取調室はそれほどつらくないのかもしれない。

「きみの書類を見ていて驚いたんだが」カミーユはまた話しかけた。「近所でベビーシッターをしていたことがあるんだな。何人もそう証言している。しかも赤ん坊の扱いがうまいと評判だぞ。きみに子供を預けた親たちは皆満足していた。例外なく」

ジャンがゆっくりと片方の眉を上げた。

「いや、だって、驚くじゃないか」とカミーユが続ける。「そんなきみが幼稚園に爆弾を仕掛けるとは」

ジャンの表情が曇る。

「きみに子供が殺せるのか？」

ジャンは唾をのみ、それから答えた。

「じきにわかります」

八時五十三分

この一時間は嵐の前の静けさのようなものだった。とはいえ当局も手をこまねいて見ていたわけではなく、関連部署では誰もがめまぐるしく仕事をした。たとえ勝ち目がなくても、試合終了のホイッスルが鳴るまであきらめないサッカーチームのように、最後まで戦いつづけた。ジャン・ガルニエの過去の調査も続けたし、もちろん彼が爆弾を仕掛けた可能性のある幼稚園の絞り込みも続けられた。絞り込みのほうの最大の障害は、関連情報が中央省庁に集められていないことだ。自治体が管轄下の施設の改修工事を実施する際、必ずどこかに通知するシステムになっていないので、国全体を網羅するデータベースがない。だから場当たり的に調べるしかないのだが、相手が電話に出てくれればまだしも、そうでなければメールかファクシミリしかなく、となるとほぼ無視されてしまう。なにしろこうは書けない。《大至急ご連絡ください。管轄区内の幼稚園に爆弾が仕掛けられている可能性があります》。そんなことを書いたら大混乱を引き起こすのは火を見るより明らかだ。かといって書かなければ、《この数か月で工事が入った幼稚園はありますか？》といった質問に緊急性があるとは誰も思わず、返事は来週でいいと放っておかれるに決まっている。

そのあいだにも時は刻まれていった。

そしていま、関係各省の広いホールで、中庭に面したオフィスで、金箔張りの見事な室内装飾の下で、人々は息をひそめている。彼らは数時間前からあらゆるシナリオを思い描いて対応を検討してきたのに、事ここに至り、あと数分しかないとなると、警官も、大統領も、各省の大臣も、局長クラスも、もはや四歳児が百人くらい吹き飛ばされる場面しか思い浮かばず、ただもうやりきれなくて胸が疼く。

とうとう爆破予告時刻となり、すべての職場を不穏な静けさが支配した。戦場の兵士たちが突撃の瞬間を迎え、もうやるしかない、けりをつけてやる、たとえ死んでも……と思うときも、こんな雰囲気になるのかもしれない。だが九時を過ぎてもなにも起きなかった。九時十五分になってもなにごともない。ジャンは相変わらずテーブルにつながれてぐったりしている。

カミーユはすでに自分のオフィスに戻っていて、なにかにとりつかれたように事件簿やルイのメモを読み返しながら、手の届く範囲の紙という紙に走り書きしていた。

九時二十一分

各職場にざわめきが戻ってきたが、安堵を顔に出す者はおらず、時は刻まれつづけた。カミーユは資料に鼻をうずめたままだ。九時半になったところで、大臣官房に状況が伝えられた。警視総監が二回電話をし、判事は妻の出産を待つ若い父親のように行ったり来たりした。そしてようやく上層部の状況判断が一致し、彼らは胸をなでおろす。第一次世界大戦の休戦協定調印の日のように。

ジャンはというと、汗をかいていた。

先ほどまで動かなかった彼の視線が、いまや机とドアのあいだを行ったり来たりしている。なにかがおかしいと不安になっている様子だ。

カミーユはふたたび取調室に入り、苦笑いしてみせた。

「さあて、その世の終わりってのは今日か？　それとも明日か？」

額から流れる汗が瞼にかかり、ジャンは神経質にぬぐおうとする。だが言葉はひと言しか発しない。

「わかりません」

そして途方に暮れた顔をする。だが観察する側のカミーユはその表情をどう解釈していいかわからない。そこには困惑と無関心の奇妙な混在が見られる。

二発目は爆発しなかった。だからといって残りの爆弾が存在しないことにはならないが、とにかく二発目は片づいた。誰もがそう思っている。

バザンは砲弾そのものがだめになっていたんだろうと考えている。

いずれにせよ、もう三発目の爆弾探しに取りかからなければならない。

取り調べを再開し、カウントダウンをリセットし、ふたたび新たな二十四時間と向き合わなければならない。

ほんとうに爆弾が存在するのなら。

ただの脅しなのか、真の脅威なのかがわからない。そこが問題だ。

「しかもこれはわれわれを泥沼に引きずり込む罠でもある」とカミーユは分析した。「われわれは、爆発しない可能性が高いと知りつつも、爆弾のあとを追いかけつづけることになるわけだからな」

そう、たしかに矛盾している。だが不確実な要素があるからこそ、ジャンの脅しがますます効いてくる。耐えがたい選択肢しかないからだ。まず見つからないだろうと思われる爆弾を無我夢中で探しまわるか、それとも、どれかが爆発して数十人の死者が出るかもしれないと思いつつ、なにもせずに待つか。

この選択肢を前にして、人々の反応は二つに分かれた。

片方は、ジャン・ガルニエはひとつしか爆弾を仕掛けず、あとはすべてはったりだから、もはや恐れるものはないと考える人々。

もう片方は、どう考えたらいいのかわからず、すべてを疑い、状況に応じて意見を変え、なにか確実なものをつかみたいと思いながらなにもできずにいる人々。

この両者のあいだに、というより脇に、カミーユとルイがいる。

十時

管理人のマルセルは、毎朝デュペルー公園の入り口の鉄柵を開ける前に、必ず腕時計を見る。そして公園管理人で終わる人生へのささやかな復讐として、十時を一、二分過ぎてから開けることで、ひそかに溜飲を下げている。この鉄の門はこじ開けられたことがあり、それ以来壊れたままになっている。区の担当課に修理を依頼したが、誰も来てくれない。依頼書を何度書いても無視される。だから毎晩公園を閉めるとき、段ボールの切れ端を留め金代わりにして、門を軽く固定するだけですませている。幸いなことにまだ誰も気づいていない。だが早く修理しないとまずいことになるぞとマルセルは思う。麻薬密売人にでも気づかれたら、夜中に公園でなにをするかわからないし、そのうち沿道の住民が気づいて区に文句を言い、結局は区の職員が東奔西走することになるんだから。絶対に。

この日の最初の見回りの時間には、すでにあちこちのベンチに人が座っていた。

マルセルは通りがかりに茂みのほうを見た。数週間前から誰かがこの奥に入り込んでいることに彼は気づいている。草が踏まれた跡があるのでわかったのだが、気づいたときすぐ見にいったものの、注射針は落ちていなかった。公園内に注射針が捨てられているというのが彼の強迫観念になっていて、子供が拾ったりしたらと思うとぞっとする。だがこの茂みの奥にあるのは、地下の共同溝に通じる鋳鉄の蓋だけだ。以前は数か月に一回地下も見回っていたが、十一年間続けてなにも見つからなかったので、面倒になってやめた。それに、下に降りてからは身をかがめて進まなければならず、関節や背中が痛むからやりたくない。区の作業員が年に三、四回来ているから、問題があれば彼らが見つけるはずだ。

茂みを通り過ぎたところで、マルセルはいきなり振り向いた。背中に目があるからすぐにわかる。「背中に目がある」というのは、マルセルが子供たちにルールを守らせるために言うセリフだが、実際、誰かが立ち入り禁止の芝生に踏み込んだら、それが視界の外でも彼にはすぐわかる。今日は女の子だった。マルセルがあまりにもすばやく笛を取り出して鳴らしたので、女の子はその場に立ちすくんだ。

十時十五分

カミーユは自分でも気づかぬうちに輪の外に出ていた。

ジャン・ガルニエはまた別のチームに委ねられた。カミーユはもう取り調べになにも期待していない。

ルイにもそう言った。

「ガルニエ事件はな、まずはロージー・ガルニエ事件なんだ」

ルイはほんの一瞬考えてから、頷いた。

ふたりはこの日の早朝から、ジャンに関するすべての資料と格闘している。供述調書の分析、日時の突き合わせ等々……。だがもっとも時間を費やしているのは、やはりロージーの事件簿の精査だ。今回の事件の鍵は彼女にあるとにらんでいる。

ジャンのテロ計画の黒幕だとは言わないが（あんなに複雑なことを思いつくはずがない）、ただかっとなってカロルを車ではねただけとも思えない。たしかにロージーは考えずに行動するタイプ、衝動殺人に走りかねないタイプに見える。カロルを殺した日も、怒りに駆られて車を出し、そのあと車で待ち伏せするあいだにさらに怒りが募り、原付に乗って現れたカロルの姿を見たときにはもうわけがわからなくなり、無我夢中でカロルをはね、逃げた。すっかり動転していた証拠に、車をどこか別の場所に隠すことさえ思いつかず、結局自分のガレージに入れてしまった。

以上が予審の結論だ。

捜査ファイル全体が計画性のない衝動的な殺人という方向でまとめられている。判事は山ほどの案件を抱えていて、警察も犯人逮捕だけで満足し、誰もがこの説に飛びついた。もちろんロージーの弁護士、デプルモン女史の主張もそうだったが、このデプルモンというのがまた、登場しただけで相手を骨抜きにするようなとびきりの美女なのだ。軽い外国訛りがあり（ドイツ人？　あるいはオランダ人？）、なぜフランスで仕事をしているのかとカミーユは思ったが、そのとき彼女の結婚指輪が目に留まり、そうか、フランス人と結婚したんだなと思った。顔が見事な逆三角形で、頬骨が高く、瞳は見たことがないような神秘の緑……。彼女と目が合ったとたん、ここがどこだかわからなくなってしまう。昨夜来てもらって会ったのだが、遅い時間だったのに光り輝いていた。デプルモンには新たにつけ加えることなどなにもなく、面会はすぐに終わった。彼女もまた、ロージー・ガルニエの殺人はほぼ無意識の行為であり、責任能力はなかったと言い、その主張に揺らぎはなかった。

それはそうなのだろう。だがほんとうにそれだけか?

「そうですか。ありがとうございました」とカミーユは切り上げ、それ以上突っ込まず、デプルモンが立ち去ってからルイに言った。

「彼女はなにも知らないな。こっちが突っ込めば、守秘義務云々を楯にとって守りに入るだろう。時間の無駄だ」

ルイがせっせと情報を集め、何ページも、何十ページも資料を印刷し、それをカミーユが片っ端から読んでいく。粘り強く。

住居関連――これまでのどの住所でも、ロージーは家賃をきっちり払っていた。火災保険にも入っていた。退去時の部屋の状況確認《エタデリユー》の記録を見ると、かなりのきれい好きだとわかる。

銀行の取引明細――ロージーの稼ぎは少ない。だがどうにか切りつめて貯金している。わずかな額だが、それでも貯金している。

健康保険の受診・健診データ――ロージーの健康状態はきわめて良好で、病欠はほとんどなく、薬も服用していない。

行政上の記録——ロージーは何度も公営住宅に応募している。何度外れてもあきらめず、しつこく応募している。そのいっぽうで、生活保護は一度も申請していない。安いプライドが邪魔している。

勤務先の記録——いまのところで働きはじめて以来、一度も昇進していない。定年までいちばん下の職階に甘んじるしかない状況。昇級試験に一度も通らず、かといって異動の希望を出すでもない。現状維持タイプ。向上心の欠如。

十一時

悪さをしていて見つかった少女のように、ロージーは唇を嚙み、足元を見つめている。スーパーでTシャツを万引きしましたといった表情で、自分の息子が複数の爆弾を仕掛けたと自覚している様子はない。

「さあ、話してください。この〝父親不明〟について。あなたの〝ジョン〟はこのことでかなり傷ついているようでした」

ロージーはぱっと顔を上げると、雌鶏のような無表情な目でカミーユを凝視した。そしてしゃべろうとした。

「待った」とカミーユが止めた。「見えすいたほら話はもうけっこう。ジャンにはそれでよくても、ここでは通用しない。警察が必要とするのは真実だけです。いいですね」

カミーユは例のスーツケースに入っていた品々のリストをすでに受けとっていた。ガルニエ親子のアパルトマンで、彼女の部屋のキャビネットから出てきたスーツケースの中身のことだ。それはロージーの思い出の品々で、たとえば一九八〇年代の『ポディウム』『OK！マガジン』『トップ50』といったゴシップ誌や音楽雑誌、ピーター＆スローンの『君がいれば何もいらない』やマリー・ミリアムの『鳥と子供』のシングルレコード、そして驚くほどの枚数のジョー・ダッサンのブロマイド。そのうちの一枚はロージー宛てのサイン入りで、厚紙で補強してあり、周囲にずらりとハートのシールが貼ってある。

「嘘しか言わないなら」とカミーユが続ける。「こっちから言いますよ。あなたは十六歳で妊娠した」

するとロージーは懲りずにまたほら話を始めた。ヴェルーヴェンのような刑事には通用しないということが理解できていない。

「彼は、わたしの父とうまくいかなくて」と傷ついた女を演じる。「父は結婚を認めてくれませんでした。彼は――つまりジャンの父親ですけど――それでもあきらめず、どうしても結婚するって、駆け落ちしようとまで言ってくれて、でも父を捨てるなんて……そんなこと、できませんでした。母を亡くしてからひとりだったし、それに……」

カミーユはあきれ顔で苦笑した。

「いい加減にしてください。悪あがきしても無駄です」

どっしり構えて腕を組み、首を軽くかしげてみせる。

「それはジャンのための作り話ですよね。ご都合主義のでっち上げで、メロドラマの役者が顔を揃えている。父親は厳格で、母親はすでに亡く、恋人は情熱的。そしてすべての中心に罪の子。ロマンス小説の出来上がり。手持ちの本から借りてきたんですか？　だが事実は違う。それもこっちから言いましょうか。あなたは名前も知らない男と寝ただけだ」

ロージーは顔を赤らめた。

「なんなら賭けてもいい。あなたはジャンにこう言ってきたんじゃありませんか？

かわいそうなパパはひとりでオーストラリアに旅立ったのよと。どうです？」

十二時半

彼の名前はルネ・ルネという。子供に苗字と同じ名前をつける親がいるとは驚きだ。父親は税関職員だったそうで、だから頭がおかしかったのさとルネはいつも言う。そのルネももうじき六十なので、父親の愚行もとっくに時効だが、それでもルネがいまだに気難しく、ひねくれていて、時に酒癖の悪い皮肉屋のようにぼやくのは、やはり名前のせいだろう。

だが今日は、同僚に「ルネ、ルネ！　早く来いってんだよ！」とからかわれても、「いま行くから、慌てるなって」とぶつぶつ言っただけで、あとは黙ってゆっくり鉄の梯子を下りていった。

先週、彼は会社から新しい安全靴を支給された。会社側が支給すると法令で定められているので当然のことだが、ルネはそういう支給日をしっかりメモしておいて、一日でも遅れたら騒ぎ立てるタイプだ。作業服の支給日もメモしてある。そして普段から「泣き寝入りなんかしねえからな」と脅しを利かせているが、まあ、それは虚勢だ。そして今回、靴は遅れずに支給されたものの、履いてみるとどうも足が痛いので、半サイズ小さいんじゃないかと疑った。でなければ足が大きくなったことになるが、まさかそんなはずはない。ルネはいろいろ試してみた。一晩中濡れた新聞紙を突っ込んでおくとか、テレビを見るにも履いたままでいるとか。だがどうにもならず、足がずきずきする。

そんなわけで梯子の一段一段が苦痛だし、それどころか朝からずっと責め苦を受けているようなものだから、ゆっくりしか下りられない。早く定年にならんもんかなあ……。

だがルネ・ルネが無事定年を迎えられるかどうかは怪しい。なぜなら、彼が共同溝に下りて振り向くと、同僚がぎょっとした顔で突っ立っていて、その視線の先に百四十ミリの砲弾があり、そこにデジタルクロックがセロテープで固定されていて、その青い数字が秒を刻んでいるからだ。

十四時

ジャン・ガルニエの狙いはすぐにわかった。砲弾はミュールーズ大通り一四四番地の地下共同溝のなかに置かれていた。日中はそこそこ交通量のある通りだが、幹線道路ではないので、百四十ミリの砲弾を爆発させても死者は数人にとどまり、さほどの効果はない。

だが夜になると話は別で、たとえば二十時になれば一メートル四方に七、八人は人が集まっている。というのも一四四番地にはシネコンがあり、しかもちょうど入場前の客の列ができるところに共同溝を覆う鋳鉄の蓋がある。すぐ横の建物も考慮に入れるなら、死者は軽く十五人を超え、負傷者は六十人に達すると思って間違いない（巨大な窓ガラスが破裂し、無数のガラス片とアルミフレームが四方八方に十五メートルくらい吹き飛ぶだろう）。

バザンは現場に到着するなり、爆弾は夜を狙ってセットされていると判断し、腕時計を見ながらも、慌てず騒がず、然るべき手を打っていった。この地区を封鎖し、周囲百メートルの住民を避難させる。パリではいつも、ほんの一か所の渋滞があっという間に広範囲に拡大するので、今回も一時的な交通麻痺は免れないだろう。それから市民防衛・安全局の腕利きたちが仕事にかかる。

すべてうまく運んだ。避難も、警察の人員配置も、人々を安心させる呼びかけも、マスコミが現場に近づきすぎないようにできたことも。警視庁のいささか陳腐な嘘（ガス管の破裂により……）でさえ説得力のあるものに聞こえたのだから上出来だ。

だがなんといっても評価すべきはバザン率いる爆発物処理班の働きだった。バザンは正しかった。砲弾は三日後の二十時十五分に爆発するようにセットされていた。つまりガルニエの計画のなかの五発目に当たる。

「どっちにしろ、こいつは爆発しなかったよ」とバザンはカミーユに電話した。「爆薬がなくなっていたし、雷管もいかれてた」

これはいい知らせだ。

だが悪い知らせでもある。今朝の九時半以降、どこの幼稚園でも爆発がなかったとわかったときから、〝一日一発、全部で七発〟という話ははったりで、実際には一発しかなかったと誰もが思ってほっとしていた。

ところがいまこうして逆の証拠が出てきた。一発目はジョゼフ＝メルラン通りを吹き飛ばし、二発目は爆発せず、五発目は事前に発見されたが、要するにまだ四発残っている。そして次の爆発が二十四時間以内に迫っている。

十八時

カミーユは一時間だけ仮眠をとることにした。食堂の片隅に折り畳み式の簡易ベッドが用意されていて、疲労困憊《こんぱい》の刑事たちが代わる代わるやってきてはばったり倒れ、少しするとまた起き上がってオフィスに戻っていく。この爆弾騒ぎが起きてからというもの、げっそりした顔に腫れぼったい目をした人間が庁内をうろうろしている。カミーユも横になると同時に眠りに落ちたが、休息にはならなかった。脳の活動が止まらないのだ。ジャンとロージーそれぞれのファイルにあった資料が頭のなかで攪拌《かくはん》され、供述調書だの人の名前だの写真だの爆弾の略図などが次々と現れる。記憶の奥底に封じ込めたつもりだったあの少年の顔まで出てきた。ジョゼフ＝メルラン通りで、手にクラリネットのケースをもったまま倒れ、あっけにとられた顔をしていた少年……。

オフィスに戻ったカミーユはルイの肩をたたいた。交替だ。

今度はルイが仮眠をとりにいく。

カミーユが寝ていたあいだに、ルイがすべての出来事を時系列に、しかも左右二列にして並べた表をつくってくれていた。右側がロージーで、左側がジャン。カミーユとルイは仮眠をとる前から息子の事件と母親の事件の関連性を探っていたのだが、どういう関連性がありうるのか、ふたりにもまだわからない。カミーユは一ページを目で追い、二ページ目に移った。よくできた表だ。いつものことながらルイはなにも見落とさないし、落ち着いた様子で淡々と仕事をするのに、結果的にはものすごいスピードで仕上げてしまう。

三ページ目、四ページ目、五ページ目。

カミーユはそこで手を止め、前のページに戻り、ある一行に指を置いた。

五年前の五月に、ロージーが病欠をとっている。

左の欄を見ると、このときジャンはパリを離れ、ピレネー＝アトランティック県に行っていた。

眠気が吹っ飛んだ。

カミーユは立ち上がり、棚の上を探しはじめた。ルイの書類の山のなかにあるはずの報告書が、見つからない。

「なにが必要ですか？」

振り返るとルイがいた。眠れずに戻ってきたのだ。

ルイは名前を聞いただけでさっと手を伸ばし、書類の山のなかからアルベルト・フェレラに関する報告書を取り出した。当時ジャンを雇っていた男だが、もう死んでいる。死んだのはいつだ？　日付を探す。五月二十四日。ルイがネットで調べると、火曜日だった。

カミーユのほうは、ロージーの同僚で親友のマリー＝クリスティーヌ・アムルーシュの供述調書を引っ張り出していた。《……息子のことで不平たらたらでした……なんでもかんでも口論の種になってました……息子が結婚してアルザスに行くと言ったとき、とんでもなくうれしそうでしたよ。ほんとに！　まるで自分が結婚を申し込まれたみたいに……》

肝心なのはそこからだ。

調書の抜粋

アムルーシュ　いつも同じです。ジャンが出ていくと、ロージーは生き返ったようになる。でもまたジャンが戻ってきて、喧嘩が始まる。その繰り返しです。

刑事　ジャンは何度も家を出たんですか？

アムルーシュ　いえ、何度もっていうほどじゃなくて、三回か四回だと思います。わたしが覚えてるのは、四、五年前にジャンが電気技師に雇われていたときのことで、その技師が南のほうに拠点を移すことになって、ジャンに一緒に来ないかと誘ったんです。結局あの息子は働き者だったんですよね。まあ、仕事があるときはってことなんでしょうけど……。それで、ジャンが一足先にピレネーに行って準備することになって、ロージーはすごく喜んで、ジャンがパリを発って少ししてから、予告もなく休暇をとりました。彼女ってそういうところがあって、急に思い立って行動するんですよ。安心したんでしょうね。夜電話でその話をしてきて、いきなり明日から旅行に行くって！　旅行なんてそれまで行ったこともなかったのに……。結局、彼女はブルターニュの叔母さんのところで何日か過ごしたんです。

刑事　ジャン・ガルニエはいつ戻ってきたんですか？

アムルーシュ　すぐでした。というか、このときはほんとに運がなかったんです。その雇い主っていうのが工事現場で事故死しちゃって。なので南に拠点を移すのもだめになって、当然ですけど。

あとはたいした内容ではない。

カミーユとルイは顔を見合わせた。

ふたりの直感がこのあと検証できたら、ようやく最初の糸口がつかめたことになる。

そこからさらに範囲を広げなければならず、時間がかかるだろうが、少なくともこれで、昨日からずっと垂れこめていた厚い雲に初めて切れ目ができた。

二十時

情報の突き合わせ、事実の裏づけ、追加調査、細部の検証……。やることは山ほどあったが、カミーユは応援を頼まなかった。ルイは少し不満げに、貴重な時間を失うことになりませんかと言ったが、カミーユは聞かなかった。

「確信をもてないうちは誰にも言うな。面倒なやつだと思われるのはかまわないが、ばかだとは思われたくない」

そしてふたたび、カミーユはジャンと向き合った。

マジックミラーのうしろにはまた何人も詰めかけている。判事、国家警察幹部二人、警視庁幹部一人、そして内務省から駆けつけた〝例の大物〟も。

取調室にはジャン・ガルニエを前にして、カミーユとルイが座っている。カミーユの前にはなにもなく、ルイの前には害のなさそうな薄いファイルがひとつ置かれている。

「そっちはどうか知らないがな、ジャン、こっちはずいぶん長いつき合いのような気がするよ。まだ二十四時間しか経っていないのに、そのあいだにいろいろあったからな」

ジャンは手錠から解放され、ひどく痛むに違いない手首をゆっくりさすっている。ずっと座りっぱなしで、立ち上がったり体を伸ばしたりしたくてたまらないだろうに、そんなそぶりはみじんも見せない。感情もいっさい表に出さず、無表情のままただ目の前の机を見ている。目の縁が赤く、顔は灰色で、ひげは照明のせいで青っぽく見える。爆発がうまくいかなかったので、がっくりきているのだろう。

「いまや少しは気心の知れた仲と言ってもいいんじゃないか？」とカミーユが続ける。「だがな、人間ってのは誰かのことを知っているつもりでも、じつはまったく知らないんだ。そう、たとえばきみの母親とか」

ジャンが一瞬動揺を見せた。自首して以来、ジャンは自分のことばかり訊かれ、なにをしたんだ、どこへ行ったんだとしつこく追及されたが、それには耐えてきた。ところが母親のこととなったとたん、目に不安の色が浮かんだ。

「ロージーは虫も殺さぬ顔をしているが、じつは……」

そこでカミーユは周囲をすばやく見て盗み聞きされていないか確かめるふりをし、

それからジャンのほうに身を寄せて小声で言った。

「思うに、ロージーがばかなことをしでかしたのは今回が初めてじゃない。内緒だがね」

ジャンの反応を見て、カミーユは自分の勘が当たったと確信した。

そのタイミングでルイがファイルをすべらせて寄こしたので、開いた。

「アルベルト・フェレラ。知ってるな？　なに？　ほら、五年前にきみを電気機械技師として雇った……思い出したか？　よし。きみたちは妙に馬が合ったようだな。フェレラはきみを一月に雇い、四月にはもうボーナスを出している。大金じゃないが、雇い主として意味のあることをしたんだ。きみの働きぶりに満足している証《あかし》だからな。言っとくが、わたしはきみの仕事の腕前など知らない。だが若いわりにいい仕事をするんじゃないかと思っている。ていねいな仕事だ。手堅いと言ってもいいくらいの。もちろん砲弾については、まだ使えるという前提に立ってやるしかなかったわけだから、きみの腕は結果よりも企画力で評価するとして、これについても見事な段取りだと言うしかない。おっと、話がそれたが、なんだっけ。ああ、アルベルト・フェレラ！　さあて、こりゃどうしたことだ？　ここにもまた運のないのがひとり。四十にもならずに死んでいる。それが人生ってもんか？　しかも気の毒なことに、すばらしい計画を実行に移す直前だった。南西部の太陽と海が待っていたのに！　フェレラはビアリッツ近郊のエアコン設置業の会社を買いとって、六月にはそこへ行くと決め、きみの働きぶりを見込んで一緒に連れていくことにした。そうだよ、ビアリッツへ！　おい、ジョン、ビアリッツと聞いてどう思った？　いいところだと思ったんだろ？　住むところもすぐ見つかるだろうと？　なぜならここに」とカミーユは書類の一か所を指でつつく。「きみが下準備のためにビアリッツへ行ったと書いてあるからだ。うれしかったんだな？　だからあっという間に荷造りした。要するにだな、ロージーは優しい母親なんだろうが、少々きみを束縛しすぎていた、違うか？」

ジャンはごくりと唾をのんだ。目も泳いでいて、ないとわかっていながら、どこかに支えがないかと探しているようだ。

「そしてきみはビアリッツに行き、先に準備を始めた。フェレラはこっちの店をたたみ、一か月後に一切合切とともにビアリッツへ移るはずだった。ところがパリを発つ一週間ほど前になって悲劇が起きた。パリでの最後の仕事だった郊外の建築現場で、夜遅くまで作業していて、足を踏み外してビルの八階から転落。それでビアリッツはおじゃん。エアコンの仕事もおじゃん。放蕩《ほうとう》息子はすごすごとご帰還。きみはいつでもママのところにまっすぐ帰るからな。ここまで合ってるか？ さて、そこでだ、じつはこの話に感動してね。いや、ほんとだって。新事業に打って出る社長と、それを支えようと熱心に働く従業員、すばらしい！ だから興味をもった。そこで調べてみたら……なんだか妙だ。すごいんだよ、偶然が……。ほら、たとえばフェレラが転落した日、ロージーは休暇をとっていた。ああ、もちろん、それだけならただの偶然だ。ちょっと待てって、すぐにわかるから。きみがビアリッツに発ってしばらくして、正確には三週間後から、ロージーは休暇をとった。親友にはブルターニュの叔母のところに行くと言っていたが、ロージーには叔母などいない。ブルターニュにも、どこにも。よほど急いでいたんだろう、事前に休暇を申請する余裕もなかったので、病欠にしている。だが医者には行かなかったから診断書は出されていない。そんなことをしたらどうなるかも考えず、ロージーは四日間消えた。そして案の定、職場に戻ると通知が待っていて、四日分の給与を差し引かれた。その三日目がちょうどフェレラが死んだ日だ。でロージーはそのあと家に戻り、ちょっと気持ちを落ち着けて……。なんだ、納得がいかないようだな。ではこれでどうだ」

カミーユはファイルのなかを探して一枚の紙を取り出し、ジャンのほうに向けたが、彼は見ようともしない。下を向いたまま、押しても引いても動かない頑固な牛のようにじっとしている。

「これはフェレラの転落死に関する調書だ。謎だらけだぞ。死亡時刻はなんと二十一時！　ほかの作業員はとっくに帰り、フェレラだけが残って、床の塗装前の配線作業をしていたらしい。早くビアリッツに行きたくて、最後の仕事を早く片づけようと急いでいた。それはまあ、わからなくもない。しかしフェレラはベテランだから、わざわざ危険な端のほうに行って、落下防止用の木の手すりを乗り越えたりはしない。それなのに、なぜか彼は手すりを越えてしまい、三十メートル下まで真っ逆さまに落ちたとさ！　この調書の内容は大いに疑わしい。だが、そうはいってもから……その場にはほかに誰もいなかったし、遺体にも争った形跡がなかったし、フェレラが恨まれているという話もなかったし、狙われるほどの遺産もなかった。となると、それ以上警察になにができる？　結局警察は、司法は、事故と断定した。過労による事故死。そういう例は珍しくないからな。フェレラの携帯の記録にはロージーの番号が四回出てくるが、当時の捜査員は彼女が怪しいとは思わなかった。事情聴取でロージーは、息子の様子を知りたくて電話をかけたが、なかなか出てくれなくて何度もかけたと説明した。だが、もしもロージーがフェレラの居所を知りたかったとしたら、連絡をとって待ち合わせしたかったとしたら？ その場合も電話をかけるはずだ。しかもフェレラが受けた最後の電話はまさにロージーからのものだった。どうだ、妙だろう？」

カミーユはそこで切り、ひと呼吸置く。

「まだ納得がいかないようだな、ジョン。ああ、たしかにこじつけに聞こえるかもしれない。だが……」と今度はいきなり手をたたく。たったいま円積問題を解いたといった顔で。「おっと、そうだった。まだほかにも奇妙な偶然があるぞ。あの年増！」

ジャンは机をにらんだままだったが、顔の表面が石化したようにこわばった。カミーユは気づかないふりをしたものの、ジャンのその強情な顔つきはロージーによく似ていると思った。家族の類似というやつは、往々にしてうっとうしいものだ。

「年増なんて言って悪かった。フランソワーズ・ブーヴレだったな。きみが彼女と出会ったのはいつかな？」カミーユがファイルに目を落とすと、ルイがその箇所を指さした。「あった。ありがとう、ルイ。四年前の三月だ」

カミーユは眼鏡を外し、自分の前に静かに置いた。

「きみを責めるつもりじゃないんだが、これにはロージーもむかついたことだろう。

きみが愛するブーヴレは、きみの母親代わりとまでは言わないが――母親ってのはひとりと決まってるしな――それに近いというか、とにかく三十八歳だった！　きみより十五も上だ。しかも問題は年齢だけじゃない。いや、きみを怒らせたくはないが、あのけばけばしいアクセサリーにどぎつい化粧じゃ――写真を見たよ――正直なところ、ロージーがひとり息子の相手にと望むような女じゃない。まあそれはいいとして、きみはブーヴレが気に入り、どっぷりのめり込んだ。経験が必要な年ごろだったし、別におかしなことじゃない。それでもっと一緒にいたくなって、三か月後にきみは荷物をまとめ、ほうら、彼女のところに転がり込んでいる。そして甘い生活が二か月続いた。ところが、ここでもきみはついていなかった。これはロージーの予審の資料からわかったことでね、情報を突き合わせたり、追加で記録を調べたりしたんだが、細かいことは飛ばすよ。きみはブーヴレとむつまじく暮らし、若いきみには想像も及ばない手練手管を教わったが、ある日、彼女は風呂のなかで髪を乾かしたいという危険な衝動に駆られた。なんと愚かな！　三十八歳で、そんなことも知らなかったのか？　しかも気になるのは、アパルトマンのドアが完全には閉まっていなかったことだ。当然のことながら警察も少し変だと、胡散《うさん》臭いと思わないでもなかった。だがきみにはなんの動機もなかったし、そもそもアリバイがあった。そのときパリにいなかったんだ。八人の同僚が、ジャンならぼくらと一緒にポワティエの工事現場にいましたよと神に誓って証言した。ロージーのことは誰も気にかけなかった。当時はまだ容疑対象にもなっていなかった。だがあれは見落としだ。言いたいことはわかるね？　きみも同じことを考えているはずだ。われわれは全部やり直す。一点一点調べ直して捜査を再開する。だが重要なのは、これがきみにとっていつも同じ繰り返しだったということだ。フェレラ、ブーヴレ、カロル……。ロージーは少々、執着の度合いに問題があったと思うんだが、違うか？」

部屋の空気が重い。カミーユは十分な間をとった。マジックミラーの向こう側では、上層部の面々や同僚たちがようやくカミーユの意図に思い至り、固唾《かたず》をのんで成り行きを見守っているはずだ。

「きみの母親はカロルを殺したあと勾留されている。かっとなって殺してしまっただけだとされ、それ以上調べられていない。シリアル・キラーの特徴も見られないから、誰もが衝動殺人という結論で満足している。だがもし別の角度から光を当てたら、動機についてよく考えたら、もっと的を射た疑問に思い至ったら、過去に遡って調べたら……全体像をつかむのはそれほどむずかしいことじゃないだろう。きみの爆破計画と少し似ていて、体系的に考えればいいだけだ」

カミーユは口角を上げ、ちょっと気取ってみせた。

「きみが出ていくと、ロージーはパニックになり、慌ててきみを取り戻す。ロージーはきみなしでは生きられない。きみは離れようとするが、きみもまた母親なしではやっていけない。母親がきみを引き止めるためにしたことを、きみはよく知っているし、母親がどういう人間かも承知している。きみたちはけっして口にしないが、どちらも互いをつなぐもの、互いを縛るものをよく知っている。ふたりのあいだの沈黙の契約だ。最初のときに、きみがあえてはっきり言わなかったのが敗因かもしれないな。その後は悪循環で、ロージーの行動はエスカレートし、ついにここまで来た。だがよき息子であるきみは、こうしてママを迎えにきた」

カミーユは口を閉じ、ジャンと同じように下を向いた。なにを言えばいいかわからない。疲労のあまり体が椅子からずり落ちそうになり、慌てて立った。そのときジャンの手が見えて、その手がロージーと対面したとき、木の葉のように震えていたことを思い出した。

「つまりはいい息子なんだ、きみは。ロージーのことが怖くもあるんだろう。毒をもつ母親ってのはけっこういるもんさ」

沈黙。

「だがな、ジャン、これこそがラストチャンスだぞ。きみはかなりの被害を出したが、取り返しがつかないわけじゃない。まだ誰も殺しちゃいないからな。すべてがはっきりしたら、腕のいい弁護士が過保護な母親とその犠牲者であるきみについて語り、法廷を泣かせてくれるさ。それに、犠牲者だというのはあながち嘘じゃない。きみがいますぐあきらめれば一挙両得になる。ロージーから解放される絶好の機会だし、このまま彼女とともに沈没せずにすむ。きみがここに来てからもう丸一日経ったんだぞ。警察や国が要求に応じるつもりがあるなら、とっくにそうしている。つまり彼らはけっして譲歩しない。それに、われわれがこれから証拠固めをする件で、ロージーは終身刑になる可能性が高い。いっぽうきみには、終身刑を免れる最後のチャンスがいま与えられている。判事と会って司法取引に応じてくれ。こっちが知りたいことをすべて話してくれれば、きみはこのピンチをチャンスに変えられる。顔を上げろ、ジャン」

だがジャンは微動だにしない。

「こっちを見てくれ」

カミーユは小声でそっと言うと、ようやくジャンが目を上げた。

「ロージーは完全にいかれてる。きみもわかってるだろう？　絶対に釈放できない。

これは初めから負け戦なんだ。自分のことを考えろ。彼女のためにきみはできることを全部やった。よくやった。ここまでのきみの行動はわたしには理解できるし、ほかの連中も理解してくれるはずだ。だから、いまはとにかく終わりにするんだ」

ジャンが頷いた。ここで一気に追い込むか、それとも相手の頭のなかが整理されるのを待つか、カミーユは一瞬迷った。だが爆弾のことがある。のんびりしてはいられない。

「全部話してくれるね？」

ジャンはまあねと肩をすくめる。話す気になったようだ。

そして神経質にまばたきする。目のなかにスポットライトがあるみたいに。

「よし」とカミーユも頷いた。「いい判断だ」

ジャンがふたたび頷く。カミーユは座り直し、ペンを出し、ファイルを閉じる。その表紙にメモをとろうと身構える。

「さて、どこから始める？　きみが決めていいぞ」

「金額から」

カミーユは反応できなかった。マジックミラーの向こうのどよめきが聞こえたような気がした。

ジャン・ガルニエは誰にも息をつかせなかった。

「そうです、金額。昨日最後に、誰かに三百万でもいいって言いましたけど、それは昨日の話で、今日はもう、四百万じゃなきゃだめです」

二十時五十六分

カミーユは打ちのめされた。自分でもわけがわからなかった。あんな大失敗に終わるとは、いったいどういうへまをどれだけ重ねたというのだろう。もう自分が信じられない。というわけで、報告のために呼ばれたカミーユは、判事と司法警察長官の前で全身硬直状態になっていた。

会議室には関係者が顔を揃えている。だが内務省の〝例の大物〟は、会議の終了も待たずに勝手に廊下に出て、電話でこそこそと省の上層部に報告を入れている。

そのあとの事の成り行きは、誰もが正確に覚えている。

なかでも記憶が鮮明なのは時計を見た人々だろう。会議室の電話が鳴ったのは正確に二十一時七分だった。

判事が勘弁してくれと顔をしかめた。

ルイがすばやく一歩出て、受話器を取り、聞き、受話器を戻し、判事のほうを見た。判事はしぶしぶ言いかけていた言葉をのみ込み、ルイに譲った。

「オルレアンで爆発があり、幼稚園がまるごと破壊されました」

二十一時

朝は決められた時間より一、二分遅れで門を開けることで、ささやかながら溜飲を下げているマルセルだが、夜閉めるときはそうはうまくいかない。いつも一、二分早く閉めてやろうと思っているのに、それができたためしがない。あるときは公園の隅のほうにカップルが残っていて、もう出てくださいと言ってもぐずぐずし、どうにか追い出したときには二十一時を三分過ぎている。またあるときは未成年のグループが帰ろうとせず、あるいは缶ビール片手に現れたりして、説教じみた話をしなければならなくなり、ようやく追い出したときには二十一時五分になっている。もっと手間取ることだってある。そこで知恵を絞り、十五分前にホイッスルでそろそろですよと知らせたり、さらに前倒しして二十分前にしたりと、いろいろやってみたが効果はなかった。こと閉園時間に関しては呪われているとしか思えない。

ところが、今夜は様子が違っていた。なんだ、どうした、こんなのは初めてじゃないか？　マルセルは思い出そうとするが、記憶がなく……ということはかなり久しぶりのことだ。ますますおかしいと思い、もう一度よく眺めてみた。だがたしかに、まだ閉園時間前なのに公園は空だ。

あまりにも珍しいことなのでかえって不安になり、なにか見落としているんじゃないかと自分を疑う。

そして我慢できず、もう一度見てまわる。だが誰もいない。

そんなこんなで、ようやく門を閉め、例の段ボールの切れ端で門を固定したときには二十一時四分になっていた。

二十一時四十分

関連省庁は爆発音がパリまで聞こえたような騒ぎになった。大混乱だ。内務省の大臣官房は情報集めにやっきになり、マスコミの動きとパニックの拡大を案じる声が飛び交い、警察幹部は緊急会議に入った。犠牲者はいなかったが、幼稚園の建物は跡形もなく砕け散った。時間が遅かったのはむしろ幸いで、朝刊が出るまでまだ時間があるから対応を協議できる。とはいえ、まだなにがどうなったのかほとんどわかっていないのだから、朝まで大忙しだ。

救助隊はすでに現場にいて、市民防衛・安全局も確認を終え、今回の爆発があらゆる点でジョゼフ＝メルラン通りのものに似ていると報告してきていた。

警察内部は困惑していた。

爆発物処理班からは、ガルニエがデジタルクロックの操作で「午前九時」と「午後九時」を間違えたのだろうと言ってきた。

信じがたい話だ。

カミーユはそんなことがありうるのかと、直接バザンに質問をぶつけた。

「大ありだ。そもそもガルニエはアマチュアだし、おれたちはもっとひどい例を見てきてる。自作の爆弾で自分自身がぶっ飛んじまったアマチュアも少なくないんだぞ。ガルニエは危険な男さ。ああ、たしかにな。だがそのうえ軽率なところもあるってわけで、となるとお手上げだな。まだ四発どこかにあるとして、その仕掛けが完璧じゃない可能性も出てきたわけだから、もうあいつ本人もこっちの助けにならんだろ」

その電話のあとカミーユは考え込んだ。人の動きが慌ただしく、あちこちで電話が鳴りつづけるなか、いま、カミーユだけがじっとしている。

ついさっきまで究極の緊張状態にいた彼が、いまは緊張が解けた様子でひたすら考え込んでいるのだから、もう帰宅するつもりかと思った同僚もいただろう。実際、彼は立ち上がり、ぼうっとしたままオフィスを出たので、やっぱりと誰か思ったかもしれない。だが彼は帰ったのではない。カミーユは廊下を通って階段を二階分下り、右に折れ、制服警官が立っている取調室を通り過ぎ、隣の監視室の扉を開けた。

そして映画でも見るように椅子に腰かけた。

マジックミラーの向こうでは、テロ対策班のペルティエが二人の部下とともにふたたび尋問を始めていた。ジャンは壁を背にして踵を壁につけ、両手を首のうしろに回して立たされていて、頭が揺れている。目を開けているのがやっとのようで、一秒ごとにぐらりとする。

「大勢殺すつもりだったか、おまえの爆弾で?」ペルティエが吼《ほ》える。「ろくでもない母親を助け出すために、いったい何人殺すつもりだ?」

「必要なだけ」とジャンが答える。

カミーユは片手を伸ばして音声を消し、映像だけに集中した。幼稚園に仕掛けたという話。そして二十一時にセットされていた爆弾……。どうもおかしい。事実はそこにあるが、それでもこうしてジャンの顔を見て、まだ見落としているものがあるのではないかと探さずにはいられない。ロージーについては勘が当たっていたので、それが自信になってはいる。ロージーの衝動は衝動だとしても、ずいぶん頻発する衝動だ。

ここに至るまで警察は、次々と起こる出来事に気をとられ、その延長線上でものごとを考えてきた。

つまりジャンに押しつけられた理屈でしか考えていない。

現状を突破するにはその理屈の枠から出なければならないはずだ。

だがどうやって?

カミーユは一時間近くそこにいて、ガルニエを、彼の唇が動くのを、同僚が次々やってきては彼をますます責め立てるのをじっと見ていた。

目をそらしたのは一分だけ、アンヌのメールを読んだときだけだ。《透明人間になっちゃったの? それともわたしと別れたのに、そのことをわたしに言い忘れてる?》

二十三時

カミーユはルイを脇に呼んだ。

「爆弾が見つかった例の共同溝だが、点検の日程がいつごろ組まれたかわかるか?」

「確認の必要はありますが、たしか四半期ごとに計画が立てられるんだったと思います」

ルイは理由を訊かない。

「その計画ってのを見られるか?」カミーユはパソコンの画面を指さした。

三日目

一時四十五分

「だめです」と判事が憤慨して言う。犯罪捜査部部長のル・グエンも同じことを言ったが、口調は違っていた。ル・グエンはカミーユのことを知り尽くしていて、憤慨しても無駄だとわかっている。「だめだ」と警視総監がダメ押しした。カミーユの訴えに驚いた様子もなく、おまえは頭がおかしくなったかという表情で、コーヒーに塩を入れますかと訊かれたように即座に却下した。テロ対策班の意見は訊くまでもない。

ルイが前髪をかき上げる。こうなると思っていたのだろう。カミーユ自身もそうだ。

続いて内務省。〝例の大物〟は理解できないという表情で大げさに驚いてみせた。

「しかし、ひとりも死者を出したくないなら」とカミーユは粘る。「ジャンと母親を釈放するしかありません。いますぐに」

「ジャン・ガルニエを釈放する？　冗談ですか？」

彼は初めて堂々とルイを見た。密かにライバルの失態を待ち望んでいるときに、まさにその機会が訪れると、急に呼吸が楽になるものだ。

「ほかになにか提案は？　まさかあの男にレジオンドヌール勲章をやれというんじゃないでしょうね」

そして派手にせせら笑った。くだらない冗談付きの、相手をばかにした笑い。カミーユのような男を相手に使うべき武器ではない。

「あなたは能無しだ」とカミーユがいきなり攻めに出た。

〝例の大物〟は目をむいてこちらを見たが、カミーユのほうは反撃のすきを与えない。

「能無しですよ。あなたは自分が感じたことしか理解できない。ジャン・ガルニエの言うことが単純だから、頭も単純だと思っている。しかし単純なのはあなたの考え方のほうです。あなたは彼を見ているだけで、観察していない。あなたは彼を型にはめているだけで、彼を理解していない。ジャン・ガルニエは危険だ。でもそれは彼が爆弾を仕掛けたからじゃない。それどころか、彼は死者が出ないように、負傷者と物的被害にとどまるように、あらゆる手を打っている。しかし、いくら彼が細心の注意を払っても、残りの砲弾がすべて同じ結果になるとはかぎりません。未知数が多すぎ、不測の要素が多すぎる。ジョゼフ＝メルラン通りの例で言えば、足場が通行人の上に崩れ落ちたかもしれない。オルレアンでも、たまたま犬の散歩で誰かがあそこを通りかかっていたかもしれない。このままいけば遅かれ早かれ死者が出ます。要するに、できることはただひとつ、ジャンと母親を解放すること。そうすれば死者は出ません。絶対に。だがこのままでいたら、大量の死者が出る可能性がきわめて高い。選ぶのはあなたです」

〝例の大物〟は憤慨したようだったが、仕事においてはプロだ。

そして省庁におけるプロとは、情報を上げる力をもつ者のことを言う。というわけで、情報はふたたび上がる。そしてふたたび下りてくる。答えはやはりノーだった。

誰もおれの言うことを信じないとカミーユは悟った。

それから決断するのに二十分かかった。

正確にはジャン・ガルニエと話し合う二十分と、判事に最後通牒《つうちょう》を突きつける三十秒。

「あとはあなたの判断にお任せします。わたしはもう口出ししません。よろしければこれで帰らせていただきたいのですが。もうくたくたでして」

二時十分

街はすでにがらんとしていて、車も気持ちよく走る。カミーユは青信号を通過しながらポケットから携帯を取り出した。次の赤信号でアンヌに《招待はまだ有効？》と打ち、その次の赤信号で《昨日からドアは開いたまま》という返信を読む。そのあとアンヌのところまで信号はない。にもかかわらず、カミーユはブレーキをかけざるをえなかった。携帯に新たな着信。判事からだ。《すぐ首相官邸《マティニヨン》に来てください。迎えが要りますか？》

《アンヌ、ごめんよ、首相に呼び出された》

《それっていままでで最低の言い訳！》

《ほんとなんだ。いまマティニョンに向かってる》
《首相と一晩過ごすってわけ？》
《そうはならんだろう。でも頼まれたら断れないな。なんてったって首相だぞ》
《だったらわたしのために公営住宅を頼んでくれない？　七区がいいな》
《わかった。で、もし泊まれと言われたら、おれはどうすりゃいい？》
《五区か六区か七区のを約束してくれたら、泊まる。そうじゃなかったら、あなたは戻ってきて、うちに泊まる》
《よし、そうしよう》

二時半

首相はとりたててセクシーというわけではない。そもそもこの国の首相がセクシーだったためしがない。むしろそうではないことが首相になる条件だといわれている。だが垢ぬけた礼儀正しい人物で、カミーユが入っていくとすぐに立ち上がり、手を握って暖かく迎え——警部殿！　お目にかかれて光栄です——肘掛け椅子を勧めてくれた。広い執務室にはほかに八、九人いて、カミーユが座るのを待って、全員が座った。首相がローテーブルに置かれたボイスレコーダーを指さした。

「あなたのお考えについては報告を受けましたが、確認のためにもぜひこの場で、あなたご自身の口で説明していただきたい」

「わかりました。ジャン・ガルニエはここに至るまで、表向きの言動とは裏腹に、死者を出さないためにあらゆる手を打ってきました。ジョゼフ＝メルラン通りでは工事用の足場が組まれたあとで、さらに低いところに砲弾を置きました。大きな被害を狙うなら絶対に置かないような場所です。オルレアンの爆弾も、時間を間違えたのではなく、意図的に、現場に人がいなくなる時間に爆発するようにしてありました。五発目の爆弾は事前に発見されましたが、それも偶然ではありません。地下共同溝の点検の日時はインターネットで見ることができます。ガルニエは被害が出る前に爆弾が処理されるように、その日程表を見て、わざわざ昨日点検が入る共同溝を選んで砲弾を置きました。当初から、彼の戦略は自分を危険な爆弾魔だと思わせることにありました。これまでに三発の爆弾が見つかりましたが、一発目でわれわれは驚き、二発目で動揺し、三発目で恐怖のどん底に突き落とされた。まさにそうでなければならなかったわけで、というのもガルニエは、いつ大惨事が起きてもおかしくない状況をつくり出したかったのですから。彼は全部で七発仕掛け、そのうちすでに明らかになったのが三発。ジョゼフ＝メルラン通り、オルレアンの幼稚園、そして映画館の下の共同溝。あと四発残っています。それらが今後次々と爆発することはまず間違いありません。もちろんガルニエは大きな被害が出ないように工夫したとわたしは確信していますが、たとえそうだとしても、これまでの三発のようになにもかもがうまく運ぶという保証はどこにもありません。結局のところガルニエの技量と、使った装置と、計算だけが頼りです。そしてガルニエは、いくら段取りがよくて抜け目がなくても、しょせん素人です。その素人がほんのひとつでもミスを犯していたら、その付けはわれわれに回ってきます。高い付けが」

カミーユはそこで一瞬迷ったが、やはり念を押すことにした。

「閣下、おかしな話に聞こえるかもしれませんが、ガルニエは人殺しではありません」

沈黙。

「しかしわたしは、ガルニエが意図せずして人殺しになってしまうと考えています。残りの四発のどこかの時点で、必ずや、なにか予期せぬ問題が生じます。そしてそうなれば、今度こそ死者が出る」

首相はたしかにそうだなと唇を噛む。

「そしてそのとき」とカミーユは続けた。「われわれは自分たちを責めるしかなくなります。ガルニエはすでにはっきり予告していたんですから」

カミーユはそこでボイスレコーダーのほうに身をかがめ、勝手に再生ボタンを押した。

『いえ』ジャンの声だ。『そういうことじゃなくて……』

カミーユは早送りのボタンを押し、改めて再生ボタンを押した。

『最初のほうはあなたの言うとおりです。ぼくは誰も殺したくなんかないから。でも最後のは別なわけで……』

『説明してくれ』

『あなたにはわかってますよね。だって、七発目が爆発するっていうことは、結局ぼくの要求が通らなかったっていうことだから。ぼくの計画がまったく役に立たなかったことになるからですよ。そうなったら、もう失うものなんかなにもない。だから、最後の爆弾は間違いなく爆発するように……人が死ぬようにしてあるんです』

沈黙。

『ものすごいことになるように。ほんとです、警部さん、信じてください』

カミーユはそこで再生を止めた。

「それで、きみはどうするべきだと言うんだね？」とその場のひとりが訊いた。ミーユはどこの誰かも知らない。

「残りの爆弾の情報と交換に、彼と母親を釈放するんです。彼らがさほど遠くまで行くとは思えませんし……」

釈放する？　反発は避けられない。それに〝遠くへは行かない〟とはどういう意味だと、その場の全員が顔を見合わせている。彼らはその暗示がわからず、なんだこの背の低い警官は、なにを考えているんだと眉をひそめる。カミーユはまさにその瞬間を見計らってとどめを刺した。

「このままなら、少なくとも最後の一発で甚大な被害が出ることはほぼ確実です。その場合、フィナーレを飾る一発はもちろんのこと、それ以前の爆発をマスコミと国民に向けてどう説明するんです？　ここにおいでの方々のなかに、いい方法をご存じの方がおられるんですか？　そうでないとしたら、さっそく知恵を絞らなければなりません。容易なことではありませんから」

か？」

「警部殿」と首相が誠実な笑みを浮かべて言った。「われわれに数分もらえますか？」

カミーユは執務室を出て、自宅の四倍くらいある広いサロンでソファーに身をうずめた。携帯の電源を入れたらアンヌからメールが来ていた。

《それで？　公営住宅の件はうまくいった？》

《まだわからない。彼はバスルームにいてね、おめかしの最中だ》

《じゃ、ほんとに七区になりそう？》

《おれのサービス次第だと言われたよ》

《あなた、調子はいいのよね？》

《何時だと思ってんだ？》

《こっちだって同じ時間だけど、わたしはすごく元気よ》

《がんばるよ。で……》

「警部殿？」

カミーユは顔を上げた。

「首相がお呼びです」

四時

「最善を尽くした結果だ。きみには離陸直前に爆弾の場所を明かしてもらう。オーストラリアに着くまで待つことはできない。これが最終条件で、選択の余地はない。これでも気に入らないというなら、わたしはこの件から降ろされ、きみはほかの誰かと交渉しなければならなくなる」

ジャンは長いこと考えて、こう言った。

「だめです。離陸三時間後にしてください」

「だから、無理なんだ！　きみは要求したものを受けとれる。すべての条件を押しつけられると思うな！」

それから合意に達するまでに二十分近くかかったが、結局、離陸時に残りの爆弾の場所を明かすという条件で折り合った。

「離陸の瞬間にきみから情報がもらえなければ、飛行機はUターンしてすぐ空港に戻り、きみも母親も降ろされる。いいな？」

ジャンがこの条件をのんだことにカミーユは驚いた。こちらも舌を巻くほどの作戦で交渉を進めてきたジャンが、こんな単純な罠にかかるとは。しかも彼は二十分しか抵抗しなかった。

「それで、いったん情報を出したあとで飛行機がUターンしないというのは、どうやって保証してくれるんですか？」

この会話の冒頭からカミーユの声はかすれている。誰もが疲労のせいだと思うだろうが、じつはそうではなく、ひどく落ち込んでいるからだ。考えてみてほしい。もうすぐ処刑される死刑囚を相手に、きみの人生はこれからだという前提で話をしなければならないとしたら、それが使命だとしたら、どんな気分になるか。

「爆弾の場所さえわかれば、そのあときみがこの国にいても誰の得にもならない」

カミーユはぐっとこらえて説明する。「もしここに戻ってきたら、われわれはきみを正式に逮捕し、この事件の予審を行い、裁判にかけなければならない。そうなったら公共の場で起きたふたつの爆発事件について、国民に嘘をついていたことを説明しなければならなくなり、きみみたいなつまらないやつに脅されて、国民の税金から現金二百万ユーロと、オーストラリアへの航空券と、国が用意した偽造パスポートを渡したことが公になり、警察も政府も間抜けだと思われてしまう！」

信じがたいことだが、ジャンにはこの理屈が気に入ったようだ。

マジックミラーの向こうでは、誰もがなんてばかなやつと思っているだろう。プロは往々にして素人にそういう目を向けがちで、すぐに見下してしまう。

そのあとさらに一時間、カミーユはジャンと細部を詰めるふりを続けた。どれも実際にはなんの意味もなく、ただ交渉をもっともらしく見せるためのおしゃべりにすぎない。

実際にはどうなるかというと、ペルティエからはこう聞かされている。

「ガルニエが爆弾の場所等々の必要な情報をこっちに渡したら、すぐに確認し……その後直ちに彼を拘束する」

そんな話を聞かされたら、ただもう気が滅入るだけだ。

カミーユはペルティエに、おまえもジャンをばかだと思っているのかと訊きたかった。どう考えても、そんなふうに単純にいくはずはないのに。だが彼らにとっては結果がすべてであり、細かいことは無視して突っ走るつもりなんだろう。ジャンが政府のお荷物になることなど誰も望んでいないのだから。

だがもし、まずいことにジャンがぐずぐずしたら、たとえば情報を出すまでに一時間かかったとしたら、他国の領空を飛行中に逮捕しなければならなくなり、ややこしい話になる。

テロ対策班によれば、飛行機に乗り込むチームはすべてを心得ていて、ゴーサインが出次第ジャンを逮捕できるそうだ。あらゆる予防策を講じていると断言していた。だがカミーユは、ジャンと母親の座席の前列にも後列にも殺しのプロが座り、ほかにも数人が客室乗務員として乗り込むのだろうと思っている。そしてジャンが約束を果たしたら、飛行機が離陸決心速度《V1》に達する前に速やかに殺されるだろう。あるいは少々違うのかもしれないが、いずれにしても不快な場面しか想像できない。ジャンは密かに、要領よく、数秒で命を奪われる。ロージーも同じだ。そして飛行機はブレーキをかけ、停止したところへ救急車がやってくる。同時に機長が、停止したのは機体の不具合によるものではなく、体調を崩されたお客様がいらっしゃるからですとアナウンスし、乗客たちの不安を取り除く。そのタイミングでドアが開けられ、遺体が降ろされ、あらかじめ準備してあるストレッチャーに載せられ、飛行機はなにごともなかったようにふたたび出発する。ほかの乗客が異変に気づくことはないだろうし、そもそも誰もそんなことに注意を払わないだろう。大事なのは、飛行機から遺体を降ろすチャンスがあるかどうかだ。となると、ジャンがすぐに約束を果たさなかった場合に備えて、ほかの計画も準備されているのかもしれない。たとえば飛行機をUターンさせるための航路をすでに確保してあるとか。

まあ、どうなるかはいずれわかる。

この事件は最初からなにもかも予想を裏切る展開だったのに、最後だけ予想どおりに運ぶわけがない。

とりあえず、カミーユは細部を決め、手配をし、交渉する。この緊急対応チームはさまざまな組織の寄せ集めなので、各部署の意見を聞き、上から指示を受けもする。

ガルニエ親子の家からとってきた衣類をふたつのスーツケースに詰めて渡したが、ジャンは中身を見ようともしなかった。

「確認しないのか？」

スーツケースに追跡装置が仕掛けられていることを、ジャンは間違いなく知っている。

「いいんです」と言って彼はさっさと蓋を閉めた。

だが現金にはさすがのジャンもちょっと目を見張った。交渉の結果、最終的に二百万ユーロになったが、高額紙幣の詰まったスーツケースには、どんなに冷めた心にも火を点けるなにかがあるようだ。

そして二通のパスポート。ジャンは開いて確認し、頷いた。

ジャンはピエール・ムートンになり、ロージーはフランソワーズ・ルメルシエになる。名前が気に入らないのが顔に出た。そして口にも出す。

「ムートンって、変な名前ですね」

カミーユもセンスがないと思う。処刑台へ送る相手に「羊《ムートン》」と名づけるなんて。

「受け入れるか、全部あきらめるかだぞ」

ジャンは受け入れる。

それから飛行機のチケットを見る。

「確認していいですか？」

こっちでと、警官がパソコンの前まで案内する。

こいつはコンピューターにも強そうだと誰もが思っていたが、予想に反してジャンの操作はたどたどしく、考えながらゆっくり入力していく。

ジャンはチケットに記載された便が存在することを確認した。二人分の予約も確認した。

ほっとしたように見えた。

四時半

そしてロージーがやってきた。

昨日と同じ女性とは思えないほど晴れ晴れした顔で。

ジャンを見るなり駆け寄って抱きついたが、ジャンのほうは無表情のまま、腕をだらりと下げて虚空《こくう》を見つめている。だがロージーは気にもせず、これでまた息子と一緒になれたと舞い上がっている。

ロージーが身を離したときも、ジャンは視線を動かさなかった。ふたりは旅立ちのために着替えることになり、そのあいだ警官たちは部屋を出た。

モニターにはふたりが三メートルくらい離れて黙って着替える様子が映し出された。ジャンは眉をひそめて着替えに集中しているが、ロージーのほうはうっとりしたまなざしをちらちらと息子に投げている。

カミーユたちが部屋に戻ると、ロージーは出来の悪い生徒を見るような目を向けてきた。

続いてカミーユはジャンに携帯電話を渡した。

「離陸前に必要なメッセージをこれに打っておけ」とカミーユが念を押す。「詳細なメッセージだ。場所を正確に書いてくれ。残りの爆弾はすべてパリか?」

「そうです」ジャンがきっぱり言った。

「よし。これにひとつだけ番号を登録してある。わたしの携帯だ。離陸するまで、きみはいつでも、どういう理由でも、わたしに電話していい。きみが望んだように、わたしだけが話し相手になる」

「わかりました」

「よし。シドニー行きは五時四十五分に離陸する。すべて頭に入れたか?」

ジャンは問題ないと頷いた。

どうしたって胸が痛む光景だ。

いくつも爆弾を仕掛け、何百という人間の命をもてあそぶいっぽうで、三流スパイのようにぎこちなく、B級映画から借りてきたとしか思えない行動をとるこの青年は、なぜかカミーユの心をかき乱す。それはジャンの純真さのなせる業《わざ》かもしれない。いま誰もがなすべきことをしながら、居心地の悪さを感じている。ジャンが要求を下げたときから、ものごとが容易に進みすぎているからだ。

カミーユはというと、必ずなにか起きるとすでに覚悟している。

ガルニエ親子が着替えているあいだに、そのことでルイと賭けをしたほどだ。

「なにが起きるんです？」ルイが首をかしげた。

それはカミーユにもわからない。だがなにか筋書以外のことが起きる。それだけはわかる。

「おれたちはなにかを見落としてる」

五月だけあって、この時間でももう空が白みつつある。カミーユは開いた窓に近寄り、まだ排気ガスが充満していないパリの空気を吸った。

下を見ると、ちょうどジャンが建物から出てきた。ロージーが寄り添い、ふたりともスーツケースを手にしている。

警察車両がふたりを待っていたが、ジャンはそれに乗ろうとせず、警官が慌てて飛んできて激しいやりとりになった。だがジャンはひるむことなく、さっさとタクシーを呼び止めた。警官はおろおろしている。

カミーユは目を閉じた。早くもしてやられた。

だが止まったタクシーももちろん警察が仕掛けておいた車で、タクシー運転手に扮した警官がハンドルを握っている。

ジャンは降りようとした運転手を手で制し、自分でトランクを開けてスーツケースふたつを投げ入れると、ロージーに乗れと合図し、自分も乗り込んだ。タクシーはすぐに走り出した。

やれやれ、また出番だ。

カミーユは上着をはおるなり飛び出し、階段を駆け下り、警察車両一号車の後部座席に飛び乗った。

五時

一号車の車内には早くも追跡中の全車両からの無線連絡が充満していた。

「ムートン、十一時の方向。三四号車どうぞ」

「こちら三四。ムートン、一時の方向」

ジャンと母親を乗せたタクシーは早朝のパリを疾駆し、それを十五人ほどの警官が覆面パトカー、小型トラック、バイクなどに乗って、見えない集団となって追っていく。

まるで亡霊の葬列……。

タクシーの隠しマイクからはまだなんの声も聞こえてこない。だが車内の様子は容易に想像できる。ロージーが息子の手を握りしめ、その肩にもたれている。ジャンは顔をこわばらせたまま、パリの街並みが飛び去るのをじっと見ている。

カミーユはGPSの画面をのぞき込み、タクシーの経路を追った。そのときジャンの声が入ってきた。

「右折してください」

運転手は意味がわからないふりをする。プロの技で時間を稼ぎ、ジャンが指示した道をあえてやり過ごす。

「右は空港への道じゃありませんよ、お客さん」

「いいんです」とジャンが言う。「次を右へ」

断固たる口調だが、落ち着いている。運転手は右のウインカーを出し、右折して大通りに入った。

「こちら三四、ムートンは東へ向かった」

「了解」

追跡者たちの声は動揺こそしていないものの、少し上ずっている。

背筋がかすかに震え、カミーユはいよいよだと感じる。

もうすぐだ。

まだだが、もうすぐだ。

その証拠にこれは空港への道じゃない。

ジャンは最後の不意打ちを繰り出すつもりだろうか。そうに違いない。

「ムートン、一時の方向」

「ムートン、プランタジュネ通りへ」

どこへ行こうってんだ、ムートン、とカミーユは心のなかで問いかける。もうすぐだ。この国のプロたちがひねり出したシナリオがどういう結果をもたらすか、もうすぐわかる。

五時十五分

ジャンの指示でタクシーはふたたび右折し、いまやシャルル・ド・ゴール空港とは正反対の方向、真南に向かっている。

なにやってんだ、このばか、と追跡中の警官たちの口調が荒くなる。携帯が二十秒ごとに鳴り、こんちくしょう、とカミーユは電源を切った。

カミーユも緊張している。

おれたちはただ振りまわされているだけなんだろうか？

一号車への無線連絡で追跡チーム全体がカミーユの指示を仰《あお》いでくる。

「このまま追跡。様子を見る」とだけ指示した。

タクシーはさらに何度も曲がる。ジャンの指示が聞こえてくる。

「信号を右へ……最初を左へ」

運転手は今度は苛立ちを装った。

「お客さん、どこへ行くつもりなんです？　飛行機に間に合いませんよ」

これも指示を仰ぐ暗号で、運転手役の警官は途方に暮れている。だがカミーユはなにも手を打たない。おれは状況を把握しているというふりもしない。そもそも、このまま引っ張りまわされる以外に、いったいどうしろってんだ？

ジャンは明らかに目的地を念頭に置いていて、それが全員を不安にさせている。向こうは知っていて、こっちは誰も知らないという不利な状況。

そしてとうとう、タクシーが停車した。オスマン様式の建物に囲まれた大きな長方形の公園、デュペルー公園の鉄の門の前だ。公園沿いの三本の道に並んだ街灯はまだ消えておらず、黄色と青の優しい光を投げている。一号車はすばやくタクシーを追い抜き、右折して急ブレーキをかけた。追ってきた全員がそれぞれスタンバイするが、タイミングがちぐはぐだ。

ジャンの声。

「ここで待っててください」と運転手に言った。

追跡チームのひとりがカメラでジャンとロージーの姿をとらえる。ふたりがタクシーを降り、門の前で立ち止まったのがモニターに映し出され、ジャンのコートに仕込まれたマイクからロージーの不安げな声が聞こえてくる。

「ねえ、なぜこんなところに来たの？」

答えが聞こえない。いや、そもそも答えなかったのかもしれない。

ジャンが引くと、門は音もなく開いた。段ボールの切れ端が地面に落ち（マルセルが留め金代わりに使っているあの切れ端だ）、ジャンがそれを拾う。いつもそうしているといった慣れた手つきだ。

カミーユはすばやく車を降り、一気に走った。

数秒で門まで来て、ほかの全員に動くなと指示した。賽《さい》は投げられた。どうなる？ いくつの爆弾が爆発する？ それはどこで、いつ？

公園の木立のあいだを抜けていくふたりの姿が、黄色い光にぼんやりと照らし出されている。カミーユも公園に入ろうとしたが、そのときふたりが遊び場の近くで立ち止まり、ジャンがロージーをそこに残して数歩行ったかと思うと、茂みのなかに消えた。

時限爆弾のカウントダウンのように、一秒一秒が重く時を刻む。カミーユは進むべきかどうか迷ったが、決断する前にジャンが茂みから戻ってきた。そしてカミーユのほうを向いた。

あまりにも奇妙なフィルムの停止。

公園のおぼろげな明かりのなかで、ロージーが流行遅れのハンドバッグを握りしめて立っている。その横には大きな息子が、ジャンが、携帯を手にして立ち、カミーユのほうを見ている。そしてカミーユは走り出そうとして足を止めた姿勢のまま、いったいなにが起きるんだと考えている。

そのとき、ジャンが携帯のほうに目を落としてなにか操作した。すると小さい音で音楽が流れだした。ジャンはすぐにスピーカーの音量を上げた。

カミーユがその曲を聴きとろうとするあいだに、ジャンが手のひらを上に向け、ロージーのほうに差し出した。ダンスにでも誘うようなポーズ。そう、ダンス、まさにそれだ。ふたりは手を取り合い、抱き合う。

そして踊りはじめる。ロージーは恋人を見るように息子を見つめ、ジャンのほうは視線を虚空に定めたままだが、母親を強く抱きしめる。とても強く……。そしてわずかに二、三回ターンしたところで、ジャンがゆるやかにステップを踏みながら片手を上着のポケットに入れる。

カミーユはようやくその曲を思い出した。ジルベール・ベコーが歌っていた『ロージーとジョン』。

誰よりも愛し合っていた　ふたり
お似合いだった　ロージーとジョン
でも人生って　こんなもの　人生って……

ジャンがターンして、母親の頭越しにカミーユと目が合う位置に来る。彼のほうがずっと背が高いので、ロージーは少女のようにか細く見える。ジャンがカミーユをじっと見る。そのときカミーユの携帯が震えた。

すぐにポケットから出した。

ジャンからのメールだ。

《もう爆弾はありません。なにもかもありがとう》

カミーユははっとしてふたりのほうに目を上げ、同時にバザンの言葉を思い出した。

「……実際には電磁波を出すものならなんでも使える。チャイムでも、携帯電話でも……」

カミーユが地面に身を投げようとしたその瞬間、踊るふたりの足元で砲弾が爆発した。

強烈な爆風が前から来て、カミーユはうしろに吹き飛ばされて土の上を転がった。

爆発音はすさまじく、目が飛び出し、耳がつぶれるかと思うほどだ。公園沿いの建物の窓という窓が砕け散り、ガラスの破片の滝となってけたたましい音とともに落下する。その音がやんだとき、公園の遊び場は丸ごと消え、代わりに直径三メートル、深さおよそ一メートルの穴ができていた。

ルイが走ってきて、カミーユを見つけて駆け寄る。

カミーユは顔を横に向けてうつ伏せになった状態で、目を大きく見開いたまま、並木道に倒れていた。そして顔から血を流しながら、あの少年と同じように、あっけにとられた表情を浮かべていた。

そこから数メートルのところで、公園の木々が燃えはじめた。

（了）

解説

吉野 仁

あるハリウッドの脚本家が「物語には二種類しかない」と言ったという。「人が穴に落ちて這いあがる話か、穴の中で死ぬ話だ」。

おそらくこれは、アメリカの小説家カート・ヴォネガットが「物語の形」について講演したときにあげた基本形、「男が穴に落ち、穴から出てくる」話を元にしたものだろう。危機に直面したり強大な敵に遭遇したりした主人公が困難を脱し敵を倒して生還する物語とは、単純化すれば「穴」に落ち、そこから抜け出す話といえる。ヒーローものにかぎらず王道といえるストーリーだ。また、人生の悲劇を描いたシリアスな物語であれば、人が困難におしつぶされたまま息絶える結末もあるだろう。つまり「穴」に落ち、死んでおしまい。だが、ピエール・ルメートルは、

「穴」にまつわる三つ目の話を提示してみせたのではないか。この『わが母なるロージー』を読み、ふとそう思った。

本作は、日本でも大ヒットした『悲しみのイレーヌ』『その女アレックス』『傷だらけのカミーユ』の三作で登場したカミーユ・ヴェルーヴェン警部が活躍する物語である。しかも、これまでのような長編ではなく、半分以下の枚数でしかない中編作で、いわば番外編だ。三部作で完結するはずが、作者ルメートルはもう一作、この小説を加えたのである。

カミーユ・ヴェルーヴェン警部シリーズの日本における紹介は、第二作の『その女アレックス』から始まったが、もしも物語を時系列の順番通りに読もうとするのであれば、『悲しみのイレーヌ』、『その女アレックス』、次にこの『わが母なるロージー』、そして『傷だらけのカミーユ』となる。あらためて『その女アレックス』巻末の訳者あとがきのシリーズ紹介を見ると、ちゃんと「ロージーとジョン」という仮題で挙がっている。本作の邦訳を待ち望んでいた読者も多いのではないだろうか。

冒頭に収められた作者ルメートル自身による序文で、この作品の生まれた経緯が述べられている。ひとつは、「道路脇の大きな穴」を見かけたこと。そして『天国でまた会おう』の執筆中に読み漁った第一次大戦の資料から「とんでもない数の砲弾が農地に降り注いだ」事実を知ったこと。さらに、独立した単発作ではなくカミーユ警部ものの一作とすることで『わが母なるロージー』は誕生した。本国では『その女アレックス』発表後の二〇一二年に *Les Grands Moyens*（直訳すると「大いなる手法」で「思いきった手」の意味）との題で発表され、のちの二〇一四年に題名を *Rosy & John* として再刊された作品である。

大きく「一日目」「二日目」「三日目」と三部構成で出来ており、そのなかに「十七時」「十七時一分」「十七時十分」と細かい時系列の章立てがなされている。この形式は『傷だらけのカミーユ』でも継承されたものだ。まずは「一日目」の「十七時」、音楽教室へと向かう八歳の少年、彼の数メートルうしろにいる女子大生、そして少年の父親という三人が、とつぜん起こった事件に巻き込まれてしまう。地区きっての繁華街で大きな爆破が起こったのだ。本作は番外編であるためか、冒頭から人を喰ったようなユーモアがちりばめられており、この三人の被害者も、かなり滑稽に描かれている。ちなみに爆破事件の現場は、ジョゼフ＝メルラン通り。『天国でまた会おう』には、ジョゼフ・メルランという嫌われ者の役人が登場していた。ともあれ、とつぜん激しく容赦のない暴力場面がページを埋め尽くすことは、ルメートル作品において珍しいわけではないが、この冒頭の事件からはほとんど残虐さが感じられない。

さらに、爆破事件が起こった次に、ジャンという男の視点による章が挿入される。ジャンが犯人なのだ。ほんとうの名はジョンなのだが、それが嫌でジャンと名乗る男。いったいなぜジャンは、このような爆破事件を仕掛けたのか。爆破後の現場にぽっかり現れた「穴」が妙な不気味さを浮き立たせている。

一方、カミーユ警部は、次にどんな場所でどんな悲劇が起こるのか、様々な手がかりから必死で事件の行方を追っていく。

本作の原題となった *Rosy & John* は、作中で語られているとおり、歌手のジルベール・ベコーが一九六四年に発表した同名曲からとっている。本作に登場するロージーの名はこの曲からつけられたのだ。そして彼女は息子が生まれたときにジョンと名づけた。この曲で歌われているのは去っていった恋人に対する思いなのだが、本作のラストで歌詞の一部が引用され、作品のテーマを鮮烈に打ち出している。

三部作を読んできた方には説明不要だろうが、主人公のカミーユ・ヴェルーヴェン警部はとても背の低い男である。『その女アレックス』には「百四十五センチは単なるハンディキャップですむレベルではない。それは二十歳で屈辱となり、三十歳で呪いとなった。しかもどうにもならないことは最初からわかっている。つまり運命だ」とあった。低身長なのは、著名な画家だった母親のモー・ヴェルーヴェンが重度のニコチン依存症だったことによるものである、とこれまでの作品で何度も説明されている。しかしカミーユは母から画才を受けついだ。単なる趣味以上のものとして絵を描き続けている。母親と息子。このシリーズでは、母の幻影を想うカミーユの姿が随所で描かれており、とても印象的だった。作者は家族の悲劇という主題にこだわるだけでなく、明らかに「母」の問題を描き続けていたのだ。しかもそこには必ず二律背反する思いがまとわりついていた。「天国と地獄」がないまぜになった運命を自分にもたらした母たる女性の存在だ。

デビュー作には作者のすべてがつまっているというが、実在する多くのミステリー小説が取りあげられた『悲しみのイレーヌ』では、ジェイムズ・エルロイの代表作『ブラック・ダリア』がまず第一に挙がった作品だった。実際にロサンゼルスで起きた「ブラック・ダリア事件」をモデルにした長編作である。ご存じのとおり、エルロイ自身、十歳のときに母親が何者かに殺されたことで知られている。エルロイが一九九六年に発表した『わが母なる暗黒』は、エルロイが母親の死の謎を追った自伝である。本書の日本版タイトル『わが母なるロージー』は、エルロイによるノンフィクションの邦題を意識してのことだろう。もちろん、ここに登場するジャンにしてもカミーユ警部にしても、何者かに母親を殺されたわけではないが、母に対して強い思いを抱いていることは間違いない。

語るまでもなく本シリーズでは、つねに個性ある女性が登場してきた。イレーヌ、アレックス、アンヌ。彼女らが物語を動かす大きな役目を担っていたのである。それぞれ人格も過去も異なるが、みな複雑な貌をもつ女たちだ。光のあてかた次第でまったくの別人に見えるような美しさをそなえていた。シリーズ外の単独作だが『死のドレスを花婿に』に登場したソフィーも同じタイプの女性といっていいだろう。だがロージーは、明らかに彼女らとは異なる印象を残している。息子から見た母親という形で描かれているからにちがいない。また、本作でアンヌが登場していることにも注目だ。すでに三部作を読まれた方であれば説明は不要だろうが、『その女アレックス』と『傷だらけのカミーユ』をつなぐ幕間劇のような形として効果をあげているほか、いろいろと興味深いところである。

そして、冒頭に紹介した「穴」にまつわる物語の形でいうならば、本作は落ちたあと抜け出す話でも、そのまま中で死んでしまう話でもなく、(ここで真相をばらさないよう、曖昧な表現となることをお許し願いたい)なにもないところに「穴」

をつくる話といえるのではないか。エルロイに『ビッグ・ノーウェア』という作品があるが、この「穴」とは大いなる虚無にほかならない。唯一の愛が失われたあと、いかなるものもそれを埋めることはできない。なにもないままぽっかりと空いている場所だ。身長が低く、子どものままのような大人であるカミーユ・ヴェルーヴェン警部もまた、埋めることのできない空っぽの部分を抱き続ける人物であり、本作の冒頭では八歳の子ども（しかも、父親が亡くなるとの予言に怯える息子）が事件に遭遇したことなどを考え合わせると、大きな喪失をめぐる物語が幾重にも張りめぐらされていたことがわかる。この作品は、中編という分量ながら、派手な仕掛けと意外性に満ちた三部作の長編では描ききれなかった、その陰の主題ともいえる部分を見事に浮き彫りにしてみせたものなのだ。

本作の日本版が出たことにより、未訳のルメートル作品は、二〇一六年に発表された単発の犯罪小説 *Trois jours et une vie* のみとなった。こちらもいずれ文藝春秋より邦訳出版される予定だという。

また先に書いたとおり、第一次大戦においてフランスの東部の農地に降り注いだ、とんでもない数の砲弾のことを知り、作者は本作のアイデアを思いついたわけだが、その意味で本作は世界大戦三部作（既刊は『天国でまた会おう』『炎の色』）にもつながっているといえよう。このシリーズの完結編として予定されている第三作は、一九四〇年代のフランスが舞台となるようだ。

作者は、もはやカミーユ・ヴェルーヴェン警部シリーズの続編を書く気はないという。カミーユやルイをはじめ、個性的な刑事たちに会えないのはいささか残念だが、ここであらためて『悲しみのイレーヌ』から物語の時系列順にたどってみるのも一興である。とくに母親のモーを偲《しの》ぶカミーユの姿を追いながら読み返すと、予測不能なサスペンスや驚愕の展開の裏に隠された、主人公自身の物語が見えてくるだろう。

（ミステリー書評家）

文春文庫

わが母《はは》なるロージー

定価はカバーに
表示してあります

2019年9月10日　第1刷

著　者　ピエール・ルメートル
訳　者　橘《たちばな》　明《あけ》　美《み》
発行者　花田朋子
発行所　株式会社　文藝春秋

東京都千代田区紀尾井町 3-23　〒102-8008
TEL　03・3265・1211(代)
文藝春秋ホームページ　http://www.bunshun.co.jp
落丁、乱丁本は、お手数ですが小社製作部宛お送り下さい。送料小社負担でお取替致します。

印刷製本・大日本印刷
Printed in Japan
ISBN978-4-16-791360-1

（　）内は解説者。品切の節はご容赦下さい。

マックス・ブルックス（浜野アキオ 訳）
WORLD WAR Z（上下）
中国奥地で発生した謎の疫病。感染は世界中に広がり、人類とゾンビとの全面戦争が勃発する。未曾有の災厄を描くパニック・スリラー。ブラッド・ピット主演映画原作。（風間賢二）
フ-32-1

テリー・ホワイト（小菅正夫 訳）
真夜中の相棒
美青年の殺し屋ジョニーと、彼を守る相棒マック。傷を抱えて裏社会でひっそり生きる二人を復讐に燃える刑事が追う。男たちの絆を詩情ゆたかに描く暗黒小説の傑作。（池上冬樹）
ホ-1-7

ロジャー・ホッブズ（田口俊樹 訳）
ゴーストマン　時限紙幣
爆薬の仕掛けられた現金一二〇万ドルを奪還せよ。犯罪の始末屋ゴーストマンの孤独な戦いがはじまる。クールな文体で描く二十一世紀最高の犯罪小説。このミス三位。（杉江松恋）
ホ-10-1

ピエール・ルメートル（橘　明美 訳）
その女アレックス
監禁され、死を目前にした女アレックス――彼女が秘める壮絶な計画とは？「このミス」1位ほか全ミステリランキングを制覇した究極のサスペンス。あなたの予測はすべて裏切られる。
ル-6-1

ピエール・ルメートル（吉田恒雄 訳）
死のドレスを花婿に
狂気に駆られて逃亡するソフィー。かつて幸福だった聡明な女は、なぜ全てを失ったのか。悪夢の果てに明らかになる戦慄の悪意！『その女アレックス』の原点たる傑作。（千街晶之）
ル-6-2

ピエール・ルメートル（橘　明美 訳）
悲しみのイレーヌ
凄惨な連続殺人の捜査を開始したヴェルーヴェン警部は、やがて恐るべき共通点に気づく――『その女アレックス』の刑事たちを巻き込む最悪の犯罪計画とは。鬼才のデビュー作。（杉江松恋）
ル-6-3

ピエール・ルメートル（橘　明美 訳）
傷だらけのカミーユ
カミーユ警部の恋人が強盗に襲われ、重傷を負った。執拗に彼女の命を狙う強盗をカミーユは単身追う。『悲しみのイレーヌ』『その女アレックス』に続く三部作完結編。（池上冬樹）
ル-6-4

青い虚空
ジェフリー・ディーヴァー（土屋　晃　訳）
護身術のホームページで有名な女性が惨殺された。やがて捜査線上に〝フェイト〟というハッカーの名が浮上。電脳犯罪担当刑事と元ハッカーのコンビがサイバースペースに容疑者を追う。
テ-11-2

神は銃弾
ボストン・テラン（田口俊樹　訳）
娘を誘拐し、元妻を惨殺したカルトを追え。元信者の女を相棒に、男は血みどろの追跡を開始。CWA新人賞、日本冒険小説大賞受賞、'01年度ベスト・ミステリーとなった三冠達成の名作。
テ-12-1

音もなく少女は
ボストン・テラン（田口俊樹　訳）
荒んだ街に全てを奪われ、耳の聞こえぬ少女は銃をとった。運命を切り拓くために。二〇一〇年「このミステリーがすごい！」第二位、読む者の心を揺さぶる静かで熱い傑作。（北上次郎）
テ-12-4

その犬の歩むところ
ボストン・テラン（田口俊樹　訳）
その犬の名はギヴ。傷だらけで発見されたその犬の過去に何があったのか。この世界の悲しみに立ち向かった人々のそばに寄り添った気高い犬の姿を万感の思いをこめて描く感動の物語。
テ-12-5

推定無罪（上下）
スコット・トゥロー（上田公子　訳）
リアルな法廷描写とサスペンス、最後に明かされる衝撃の真相！　ハリソン・フォード主演で映画化された伝説の名作、ここに復活。１９８８年度の週刊文春ミステリーベスト10、第1位。
ト-1-11

無罪 INNOCENT（上下）
スコット・トゥロー（二宮　磬　訳）
判事サビッチが妻を殺した容疑で逮捕された。法廷闘争の果てに明かされる痛ましく悲しい真相。名作『推定無罪』の20年後の悲劇を描く大作。翻訳ミステリー大賞受賞！（北上次郎）
ト-1-13

数学的にありえない（上下）
アダム・ファウアー（矢口　誠　訳）
ポーカーで大敗し、マフィアに追われる天才数学者ケイン。彼のある驚異的な「能力」を狙う政府の秘密機関と女スパイ。確率論と理論物理を駆使した、超絶技巧的サスペンス。（児玉　清）
フ-31-1